sólo queda despedirse

Marina Talanquer Artigas

Portada, diseño y formación: Manuel López Mateos.
email: manuel@lopez-mateos.com

ISBN-13: 978-1546601500
ISBN-10: 1546601503

Producido en México
Printed by CreateSpace

Para mis padres
Por mis hijos
Por Julia y Mercedes

El que se va se lleva su memoria,
su modo de ser río, de ser aire,
de ser adiós y nunca.

Rosario Castellanos

Ésta PODRÍA SER LA HISTORIA de un exilio, o la de dos, parecida a la de cientos, pero no será más que el relato de un recuerdo que deambula vagamente en la memoria, imprecisa, inasible. Y es quizá por eso, por la memoria que se escapa, se convierte en humo y se diluye, que tal vez valga el intento de arrinconarla en un resquicio y se vuelva tinta, palabras. Pero esta historia no me pertenece, aunque me toque, me acaricie, me hiera y de algún modo me conforme. Entonces... no queda más que imaginar, tratar de colarme por esos ojos tristes y cansados a los sueños que se fueron perdiendo uno a uno. Sin embargo, cómo saber cuándo y dónde comenzaron a perderse, si detrás de cada uno de ellos está la lucha, la rabia y el coraje soportándolos; cómo darse cuenta en qué momento la realidad los atrapó.

Debería comenzar por el principio. Por las travesuras de una niña segoviana que jugaba emborrachando a las gallinas. O pasado el tiempo, por los deseos y necesidad de una joven de abandonar ese rincón español de tan sólo sesenta vecinos, para aventurarse en un Madrid cada vez más anárquico y confuso. Y hacia allá fue.

Aquella era una casa grande y Lucía llegó ahí para servir.

Qué más podía hacer si esas manos recias, que alguna vez trabajaran en el campo, no tuvieron la oportunidad de aprender a organizar del todo las letras y éstas aparecían frente a sus ojos formando mundos casi incomprensibles. A cambio, contaba con temperamento y brazos listos para las faenas del hogar, aunque le fuera ajeno y extraño. Pronto encontró su espacio, un reducto cálido, protegido y apartado de aquellos pasillos y salones rodeados de libros. La cocina. Desde ahí el universo se contempla distinto. El fuego, los olores, las texturas. Sitio único para alimentar los sentidos. Con seguridad nunca pensó, mientras se dejaba envolver por los vapores de aquel espacio, cuál sería su destino, ni cómo tendría que verlo frente a frente y tratar de moldearlo a golpes de voluntad; sin embargo éste vino por ella más temprano que tarde y lo hizo de la mano de un joven frágil al que le rodeaba una sombra la mirada.

No sé cómo se dio el contacto y tampoco sé si a los veintitantos años a ella la acariciaba la emoción, una emoción que quizá el tiempo o las incongruencias de la vida le enseñaron a ocultar, pero me gusta imaginar que al roce de las pupilas el corazón se les detuvo, así, de golpe, y al reiniciar su marcha ya llevaba encima tres suspiros y una esperanza. Elementos suficientes para un distinto palpitar.

Ignacio visitaba aquella casa con frecuencia y se movía en ella con el ritmo de la espera. Y mientras su padre y los otros invitados, al igual que ellos, trataban de encender pasiones diferentes, él rondaba los pasillos, buscando los momentos, los latidos, la conmoción. Le gustó esa mujer segura y firme que se movía a su aire en la cocina y mezclaba los ingredientes como si de un arte delicado se tratara. Lucía, por su parte, insinuaba la sonrisa y entre guiños y briznas de azafrán fue guisándose la pócima, el hechizo.

Durante aquellas tardes no sólo se hablaba de política y surgían los artículos que más adelante aparecerían en *El Sol* y *La voz de Madrid*, periódicos en los cuales el padre de Ignacio, además de su diputación por el Partido Radical Socialista, era redactor en jefe, sino que se encendían también nuevos soles y susurraba otra voz.

Por aquel entonces, después de debatirse frente a una dictadura decadente, en 1931, se instaura en España la Segunda República y, mientras las nuevas ideas buscaban adueñarse del espacio, Lucía e Ignacio se casaron. A partir de ese momento los hilos de la historia se entretejen y van apareciendo los nudos con los que la vida se gesta y se tropieza; y con el tropezón, el llanto, los pañales y las noches sin dormir.

Ahora son tres, Nieves, Ignacio y Lucía, y tres los años que pasan en tanto se hilvana y se arrulla la ilusión.

Hasta ese momento, el trabajo de Ignacio dentro de la Dirección General de Seguridad, les permitía "ir tirando", como solía decir ella años más tarde, en los pocos momentos en que a fuerza de nostalgia se le desparramaban los recuerdos. A mí no me quedaba muy claro el qué o de quién tiraban, hasta que comprendí que a veces una cree ir "tirando" de la vida, como se tira de una carreta de bueyes bien uncidos y piensas que la llevas por el surco correspondiente, hasta que la realidad te muestra cómo es la vida la que tira de tu vida y tal vez no se va abriendo la hendidura en el sendero adecuado. Pero entre "tirar" y tirar, también se vierten los anhelos, como semillas que con suerte habrán de germinar, o se esparcen sus fragmentos convertidos en jirones y entonces lo que brota se parece mucho a la desesperanza.

Ya en 1936 Nieves tenía tres años y aún no se le notaba en sus débiles ojos la estrella torcida de la suerte. Y al tiempo que en España efervescían las ideas, las letras y la traición subterránea, de mano de la primavera, nace Jimena, la hermana que a Nieves tanto le costó conocer.

Tan sólo habían pasado algo más de dos meses desde la llegada de la pequeña cuando, quizá como un adelanto del porvenir, a Nieves le dio tosferina. Comenzaba el verano y al calor se le suman las revueltas, el descontento y la soberbia de un general empeñado en pasar a la Historia y así, junto con la tos convulsa de la niña se infiltran los gérmenes de la escisión de un orden ideológico, político, social y hasta religioso. Y cuando las decisiones que tomas o las que dejas de tomar, sean éstas cualesquiera que sean, empiezan a marcar la existencia, es que aparece otra suerte de llanto, y se derrama o se contiene, pero estás segura de que habrá inundación.

Así, con una hija de tres meses en casa y otra con una enfermedad contagiosa, Ignacio y Lucía deciden mandar a Nieves al pueblo, con su abuela materna; ahí donde la existencia transcurre de otra manera y los cielos se vuelven cómplices de la tierra y de los campos; entre aves, vacas y estiércol. La decisión estampó su huella y todos, los cuatro, a su manera, se moverán a partir de ese instante con una sombra más densa y más oscura que la usual.

Quince días, tan sólo quince días de separación y ya se sentía infinita, con los rasgos duros y las aristas arañándoles la piel. Quién iba a decirles que esa distancia abriría el abismo, dejando entrar años de dolor y rabia, de desconsuelo y oscuridad. La misma oscuridad que atrapó a España envolviéndola en una lucha ciega y fratricida que la partió en dos de un tajo lesionando cada uno de sus miembros. Una guerra civil que trazó la división entre las familias. Y así se quedaron, divididas.

¿Cómo desgaja el destino?

¿Habría sido distinto de otra manera o la grieta se hubiera abierto de cualquier suerte?

18 de julio. Estalla la guerra... Y el corazón. El estruendo penetra destrozando la vida de múltiples formas; a partir de ese momento ya no sabes qué hacer con lo que sientes, ni desde qué parte del cuerpo surge el dolor.

Nacionalistas y republicanos proceden a reorganizar sus respectivos territorios y tratar de reprimir cualquier oposición. Se habla de más de cincuenta mil ejecutados de cada bando en menos de una semana. La dureza de las pasiones desatadas. Ambas facciones se preparan para lo inevitable. Cualquier posibilidad de un desenlace rápido desaparece.

Ignacio y sus hermanos se enrolan desde el primer momento en las filas de los defensores de la República y su padre se avoca a constituir un batallón. "Años de metralla y acero."

Pronto se dejan ver en los frentes el desorden, la carencia de mandos militares eficaces y la división. Al Gobierno se le escapan de las manos los resortes del poder.

La supervivencia marca la ruta. Hay que huir, escapar; dejarlo todo, absolutamente todo; hasta a su hija: ese trozo de vida que quedó tras la línea. Una niña que cargan otros brazos, mientras en los de ellos tan sólo se acomoda el cuerpo menudo de Jimena y el vacío.

La maleta extendió su superficie hueca frente a ellos como una boca oscura que se prepara para dar un grito. "Únicamente pudimos meter un par de trapos de cada uno. Nos fuimos casi con lo puesto". Pero aún así no cupo el miedo. Ese lo llevaron sobre la espalda y metido en el cuerpo durante mucho tiempo.

Hoy puedo pensar que fueron más de mil las veces que Lucía se preguntó para qué servían las ideas, tantas letras juntas y puntiagudas vestidas de disidencia, si ni siquiera sabía leerlas bien y la arrastraban con todo y raíz. Y detrás de ellas fue, junto a su marido, tras las palabras esperanza, libertad y vida siempre perseguidas por las de muerte e insensatez.

En el frente los combates. A través de ellos llegaron a Valencia, entre las bombas y las metrallas a Cas-
tellón; las alarmas, el bombardeo y Barcelona como su
último refugio republicano.

Noches eternas de oscuridad.

Andar, andar con cada pie hacia adelante...

Andar y con el deseo desandar.

Enero de 1939. La causa perdida. Hay que deslizarse un paso más. Una noche de invierno cruzan la frontera: los motores de los coches apagados, las mujeres con los niños en brazos; conjurando al silencio.

Tal vez por un momento al traspasar la línea quisieron cerrar los ojos y con ello evitar el peligro, como si al cerrarlos los días se volvieran otros y con tan sólo el pestañeo se borrara la amenaza. Mas no pudieron, tenían que mantenerlos bien abiertos, más atentos que nunca, y dejar que la realidad se les clavara en las pupilas evitando que de nuevo los tomara por sorpresa. Así, con los sentidos erizados, esquivaron las miradas blancas que bajo el turbante senegalés y al ritmo de las cimitarras patrullaban el suelo de Francia.

Casi sin saber cómo llegaron a Perpiñán: los abuelos, los padres y los hijos... los que se pudieron llevar; cargando cada quien su pérdida y su desventura, con las raíces al viento, los sueños desperdigados y la voz del exilio golpeándoles los oídos. Un nudo escarchado en el alma.

Alguna vez, al dejar su tierra, el padre de Ignacio escribiría: "Me voy lejos de España. La patria me niega siete palmos de tierra que recoja mi cuerpo para siempre... Treinta y dos meses de guerra; dos millones de españoles muertos en los frentes de batalla y en las calles; un millón y medio de expatriados... No es difícil discernir dónde está España: en las cárceles y en el exilio".

Rojos, verdes o rosados, los racimos caían uno tras otro mientras un sol sombrío se desplazaba implacable sobre los viñedos que frente a sus ojos se extendían hasta perderse en el horizonte. Entre sus manos, que ahora veo repetirse en las de mi madre y en las mías, junto con las uvas, se desgranaban las palabras rotas e incomprensibles de otro idioma, las horas y los meses, que formaron años, de nuevo tres. Seis años, en total, ya de distancia; del nacimiento y muerte de otro hijo sin estrella, hambre, nostalgia y, por instantes, de una aparente, tensa y dolorosa paz.

Eran muchos los compatriotas que permanecían en los campos de acogida, con poquísimo que comer, recogiendo ramas de árboles y brazadas de sarmientos para procurarse algo de abrigo. Compartiendo las chozas que con dificultad construían y tratando de mantener la dignidad.

Ellos, que a pesar de todos los pesares, habían corrido con la suerte de llegar a casa de amigos y contactos de la familia, trataron de organizarse y ayudar en lo posible, y durante aquellos años intentaron recomponer su mundo: mal vestidos y mal mirados se aferraron a su lengua, a su comida, a las costumbres de su país, al igual que muchos otros; pero también, poco a poco, fue desvaneciéndose en ellos la idea de volver.

Una nueva fuerza los desplazaría.

Ya para 1942, hacía tiempo que los nazis habían tomado las calles de Francia con sus tropas de asalto. Los acontecimientos se sucedieron. Sin ánimos, porque los habían perdido todos, como si éstos hubieran cobrado vida propia y con sigilo, gota a gota, se fugaran por una grieta desde el centro de las entrañas.

En esta ocasión no sólo se alargó la distancia, también se haría ancha y profunda. Ahora, entre Nieves y sus padres, el mar. Un océano entero, con sus monstruos y sus misterios.

Partirían desde Casablanca, después de varios días en Marsella tratando de conseguir colarse en una de las listas de refugiados. Esperaron más de una semana la salida del barco portugués que los llevaría a América; en un galerón entre cientos de desposeídos igual que ellos, durmiendo en el suelo, con hambre, débiles y atónitos frente a tanta desolación. Los padres de Ignacio no se fueron. Pensaban que estando cerca de España podrían desempeñar un mejor trabajo a favor de la República. Sin embargo insistieron en embarcar a tres de sus cinco hijos y sus familias a medias. Alfonso, el menor, se había ido a México tiempo atrás, una vez recuperado de las heridas recibidas en el frente; y a Jesús lo habían matado en combate durante la guerra.

La travesía duró un mes. Treinta días hacinados en largos camarotes con literas en las que se acomodaban tantos como podían. Treinta días de noches eternas en medio de la nada infinita. Noches en las que en su imaginación y bajo la inmensidad, Lucía era sangre y lágrima vueltas río tratando de volver a la tierra perdida. Pero la vida le había enseñado que no basta con desear; que los dioses no existían o ensordecieron después de escuchar tantos y tantos ruegos. O quizá era que tampoco entendían la locura de los hombres y decidieron desaparecer.

Durante el trayecto hubo madrugadas calmas y anocheceres de tempestad en los que cada relámpago ponía al descubierto el enorme desconsuelo y la dimensión de la soledad.

Algunos pasaban las horas desmigajando melancolías, otros, contando historias fantásticas que les permitían, al menos por minutos, distraer a la realidad. Historias sobre buques y capitanes fantasmas, animales de tamaño insospechado, almas perdidas o mujeres a medias que confundían su canto con las voces del mar. Y ahí estaba ella, siguiendo con la mirada en gris los juegos de Jimena y escuchando. Con la atención puesta en cada palabra y en la debilidad y respiración cada vez más profunda de Ignacio, a quien segundo a segundo, le resultaba más difícil resistir.

Entonces aprendió que el mar es bálsamo y tormenta; rotundo y definitivo. Tan definitivo como el adiós y la muerte. Refugio de los inconsolables.

Al fin llegaron a puerto. Ellos bajaron los últimos, ya cuando el resto de los pasajeros no podían fijar su mirada en aquel cuerpo cadavérico de Ignacio y al que entre sus hermanos, Pedro y Rodrigo, movían en andas. Resistió quince días más. Veracruz fue para Ignacio su último resguardo.

Después del entierro, tomaron el tren que los llevaría a la Ciudad de México. "Alguien, del gobierno de Lázaro Cárdenas o de la República, o qué sé yo quién, habrá dado el dinero para que pudiésemos enterrarle y luego coger el tren". Manos, manos que se tienden para ayudar; manos sin rostro, sin cuerpo, sin nombre. Tantas manos... y las de ella vacías, sin la suavidad, sin el calor, sin la piel del otro para sostenerla.

Se hospedaron en un hotel del centro de la capital por algunos días, después tendrían que irse a vivir, con sus cuñados, a casa de Alfonso. Allí estuvo Lucía cerca de un mes guisando para todos. De nuevo en la cocina. Ahora tratando de evaporar el fluir de los pensamientos. Picaba, removía, mezclaba; añadía una pizca de esto o de lo otro, de serenidad, de resignación y hasta de rabia. Tal vez cerca de aquel fuego lograba, por instantes, alcanzar la perfección del olvido. Alquimia contra el dolor del alma.

Un día, mientras hacía la compra en el mercado de *San Juan*, se topó con una española, de las muchas que ya había en el país antes de la guerra. Ésta, al verla, reconoció el luto que llevaba dentro. Sin muchas palabras, Lucía le contó lo que era de su vida desde su llegada a México.

—Y... ¿qué piensa hacer? ¿Seguir sirviendo a los hermanos de su marido muerto, para siempre?

Al oír la palabra "siempre" se estremeció. ¡Cuánta eternidad tan absoluta de un sólo golpe!

—...

—Mire, yo tengo una casa de huéspedes. Aquí hay muchos paisanos que necesitan tener un sitio donde comer. ¿Por qué no hace algo así?

La señorita Camín le prestó entonces, nada más porque sí, para la renta de un departamento, una mesa de madera, cuatro sillas y una hornilla, lo demás, "ya se vería". De nuevo las manos.

Empacó una vez más sus cosas. Al cerrar la maleta, enderezó la espalda y contuvo el aire; lo fue soltando poco a poco y junto con él, como un rumor de alas, se alejó el lamento. Tomó el pañuelo que llevaba en el bolsillo, dejó en seco la mirada, cogió a la pequeña Jimena de la mano y echó a andar.

Queridos todos: ¿Como estais? Nosotras bien, aquí pasándola. Les mando unas letras para avisaros que nos emos camviado de casa y para daros la nueva dirección. No estamos ya con Alfonso. Me e mudado, con la niña. E conocido a una paisana que me a prestado para alquilar un piso por Tacubaya. El dueño es de alla de Asturias de los que ya estaban aquí desde hace tiempo. ay muchos de los de alla por este barrio y yo les doy de comer a unos cuantos. algunos vienen a desallunar comer y cenar. Voy apañandome mejor. Mis cuñados perece que lo han entendió bien. Ahora tendrán que ser sus mujeres las que se arreglen con la casa. A ver que tal. Vosotros como vais. Nieves, hija, tu que me cuentas. ¿Estas contenta con los primos? ¿jugais mucho? Ya pronto es tu cumpleaños bonita. Espero que ya podamos vernos dentro de poco.

besos y abrazos para todos y uno muy grande y muy fuerte para ti.

Lucía

La respuesta a aquella carta, igual que a muchas otras, tardaría un mes o más en llegar, pero qué eran unas cuantas semanas comparadas con los tres años de guerra. Años sin saber si estaban vivos o muertos. Años de atronador silencio.

Acaso durante la espera, pasaría interminables noches de oscuridad; sin estrellas, ni luna. Como si el mundo se hubiera vuelto negro. Tal vez entonces, sentía de nuevo aquel viento helado que le atravesó la espalda mientras cruzaban la frontera, o el intento inútil, durante el entierro de Ignacio, de acallar el corazón. Y así, tendida boca arriba en la cama, con los ojos fijos y sin que las lágrimas llegaran en su auxilio, tan sólo deseara que unos dedos se entrelazaran con los suyos y en medio de la noche, noche, escuchar una voz que le susurra: "todo está bien; no pasa nada". Y permanecer así quieta, muy quieta, hasta ver clarear el día. Llegar el alba.

O quizá solamente se obligara a bajar los párpados y levantar una escollera frente a la ola de recuerdos, sumergiéndose después dentro de sí, y marchándose lejos, muy lejos.

En aquél departamento, ni en ningún otro que ocupara después, había retratos a la vista. Nunca los hubo. Ni de su marido, ni de sus hijas, ni de sus nietos. Permanecían dormidos en el fondo de algún cajón; como una nueva metamorfosis del silencio. Sólo de vez en cuando, al principio y a hurtadillas, les echaba una mirada de reojo. Sobre todo al que le habían tomado el día de su boda. Ella sentada recta y orgullosa, con un vestido negro y una mantilla del mismo color. Sobre sus piernas el ramo de flores blancas. Y a su lado él, también de oscuro, con la mirada serena, alejada del presagio.

No se casaron por la Iglesia. El compromiso de amor se hacía frente a otros ojos y se bastaba a sí mismo. Después, durante el gobierno del General Francisco Franco, "Caudillo de España por la gracia de Dios" y vencedor de la contienda, se anularían todos los matrimonios realizados durante la República. "¡Así que ahora no estuve casada, ni viuda, ni nada, de nada!" Inhaló la ausencia.

Los meses pasaban. De a poco, la vida se había ido ordenando. La rutina de todos los días se vuelve cómplice y compañera. Ese país no era el suyo, pero había llegado a él navegando, como un milagro de esos en los que ya no creía. Y al menos ahí, compartían palabras parecidas y el gusto por la comida. Otros eran sus aromas y también otros los colores que, a veces, con su estruendo, la cegaban, pero de algún modo los fue haciendo suyos, aún sin darse cuenta. Los chiles tostados, el lila jacaranda, las tortillas cociéndose sobre el comal. Asimismo eran distintos los decires y el tono de la voz, que se antojaba susurro y secreto. Eso le gustó.

Jimena fue creciendo inmersa en ese silencio. Fueron muchas las palabras rotas. Más las que enmudecieron, pero ella iba al colegio y aprendía. Sus profesores y sus compañeros compartían historias similares a la suya. Eran parte de ese grupo de expatriados, reunidos ahora en uno de aquellos "colegios del exilio" fundados con el apoyo del gobierno mexicano y la Junta de Ayuda a los Republicanos. Llevaban con orgullo la misma identidad cultural, mientras trataban de adaptarse a su nueva existencia. La raíz se fue desarrollando dividida: con el deseo de asimilarse a su país adoptivo y con el anhelo, no menos apremiante, de volver.

Y volver no sólo fue un proyecto: era una necesidad. Una obsesión.

Una tarde cualquiera de domingo, justo después de la merienda, mientras "fregaba" los platos dijo: "Ya es tiempo, nos marchamos de aquí". No había oídos a su alrededor para escucharla, pero el eco de sus palabras resonó dentro de ella una y otra vez.

Durante los meses, las semanas y los días que llevaban ahí, no hubo instante en que no tratara de ahorrar hasta el último centavo para cuando "el momento" llegara, y ahora que España abría la posibilidad del retorno, ella estaba lista. Por fin podría regresar a su tierra; encontrarse con su madre y sus hermanos, pero sobre todo, estrechar entre sus brazos a su hija... esa desconocida.

Vendió los pocos muebles que tenía, agradeció de nuevo a quienes la ayudaron, se despidió de sus cuñados y se dispuso a empacar. Esta vez, como saliendo de la boca sombría de la maleta, escuchó un suspiro. Miró tras de sí y se dio cuenta que al fin el miedo se había fugado.

Guardó lo que pudo: la ropa, una cobija, los pañuelos, sus delantales, algunos cubiertos, unas pantuflas, las cartas, fotografías, uno que otro recuerdo. Estaba lista para comenzar la marcha y decidida a no volver. Y en una mañana de julio de 1947, se subió con Jimena, que ya tenía once años, al autobús que la iría acercando a retomar su destino.

Se acomodaron lo mejor posible dispuestas para la

jornada. Era demasiada larga la ruta hasta Nueva York, con paradas únicamente para comer. Una vez ahí tomarían el avión que las llevaría a Madrid.

Hacía calor, los asientos eran duros y estrechos. Las horas parecían arrastrarse con dificultad. Llevaban ya dos días de camino y todavía faltaban tres más. La noche se anunciaba oscura. Jimena hacía un rato que dormía rendida a su lado. Lucía miraba el paisaje, absorta, por la ventanilla, como queriéndoselo llevar grabado en las pupilas. De pronto el cristal le lanzó su reflejo. Vio entonces una mujer que le pareció conocida, pero distinta. Había dejado de ser joven casi sin notarlo. Pensó en sus cuarenta años y sintió que los llevaba íntegros a cuestas. Sus ojos se llenaron de bondad de agua. Hace mucho que dejó de soñar y los pies se le habían clavado con firmeza en la tierra. Tan firme, que se fundió la realidad con toda ella y casi se olvidó de imaginar. El desatino de los tiempos le marcaba los rasgos de la cara. Se reconoció fuerte y decidida. Parpadeó. Las curvas del cuello y de los hombros se volvieron rectas. Jimena sintió junto a ella una serenidad diferente y con el sueño aún engastado en los ojos preguntó:

—¿Qué pasa, mamá? ¿Ya hemos llegado?

—No, bonita, no. Duérmete de nuevo. Descansa. Nos hará falta.

A través del cristal se mostraba ahora una noche también distinta, más clara. Estrellas a la distancia.

AL LLEGAR a NUEVA YORK pasaron unos días en *Casa Aguirre*, una casa de huéspedes en la que paraban la mayoría de los españoles que en aquella época iban o volvían de su país. Los trámites y el papeleo para tomar el avión ya nadie los recuerda, tan sólo tenían en la cabeza una idea: el encuentro.

Las horas de vuelo en aquel "cacharro" se disuelven entre el temor y la expectación. "¡Uy, madre mía! ¿Quién iba a decirme a mí que yo volaría en una cosa de esas?" Sin embargo voló. Voló sobre el mar, inmensidad de acero. Cerró los ojos. Detuvo el pensamiento. Los abrió de nuevo. Y pudo contemplar desde las alturas aquellos campos del recuerdo: los olivares, las vides, los castaños, los almendrares; incluso molinos de viento. Aterrizaron. Sin saber por qué, poner otra vez los pies en su tierra le dolió.

Buscó entre la multitud un rostro, una mirada. Sólo después de un rato creyó reconocer a uno de sus hermanos. "Aquel tiene que ser Salvador, se le parece..." Se acercó con sigilo. Habían pasado once años.

—¡Hombre, si ya estáis aquí! ¡Por fin habéis vuelto! Mira qué chica más guapa has traído. ¿Qué pasa? ¿No decís nada? ¿No estáis contentas? Pareciera que os hubiese comido la lengua un ratón.

—¿Y Nieves? ¿Dónde está Nieves? ¿No ha venido?

—Tranquila, mujer, tranquila. Se ha quedado con Manoli y los chicos. Era complicado que viniésemos todos. Vamos, anda, venir aquí y dadme primero un beso, que ya habrá tiempo para lo demás —dijo, jalándola con suavidad hacia él.

Tomaron el autobús que los llevaría a casa de su hermana, donde las estaban esperando desde siempre. Caminaron después algunas calles. La fueron rodeando los olores de ese cielo, las palabras del adiós otrora mencionadas, sus ecos repetidos y, aún en medio de aquel calor de plomo, un frío intenso la recorrió.

Al fin llegaron. Allí estaban: su madre, sus hermanos, sus sobrinos y, entre ellos, Nieves: delgada, un poco más alta que Jimena y unas gafas de cristal profundo. Se preguntó si la hubiera reconocido si no fuera por la fotografía que le mandaron meses atrás. Quizá no. No le encontraba ningún parecido. Tal vez más adelante... en algún gesto.

La envolvió con los ojos, con las pestañas, con toda su necesidad y su deseo, con cada centímetro de la piel, pero sus manos y sus pies apenas se movieron. No pudo abrazarla. No se atrevió. O había olvidado cómo hacerlo. Se interpuso un enorme desconcierto. Comenzó a llover sobre su corazón. Por sus mejillas: dos lágrimas. Nieves tampoco se acercó. Se quedaron quietas; la una frente a la otra. Son dos extrañas.

Silencio

"Nieves, ven aquí, vamos, dale un beso a tu madre".

Había sido su hermana Manoli la que rescató las palabras y ahora las ponía ahí, con los contornos bien definidos, para ser escuchadas, para que las hicieran suyas. "Su madre", sí, ella era su madre y aquella muchacha que ocultaba la mirada, su hija. A pesar de las distancias, de las guerras, de los caprichos de la vida. A pesar, incluso, de sí mismas.

Dejaron que cayeran las horas, que se desgranaran los minutos. De la tarde se fueron apoderando la calma y el sosiego. Entonces, aquella noche, se detuvieron por un instante los relojes y las manecillas iniciaron su marcha hacia atrás. El tiempo suspendido: estaban merendando como tantas otras noches de otros tiempos. Como hacía tanto, que era doloroso recordar. Pero estaban juntos, sonrientes los ojos, confiados y seguros.

Era cierto que no había mucho que comer. En aquella casa, como en la mayoría de esa España empobrecida, la escasez era evidente. Aún se les racionaban los alimentos y los artículos de primera necesidad, también el tabaco. Cada persona tenía derecho a ciento veinticinco gramos de carne a la semana, cuando la había; un cuarto de litro de aceite; cien gramos de arroz y de lentejas rancias y con bichos; un trozo de jabón de vez en cuando y entre ciento cincuenta y doscientos gramos de pan negro al día. Cuando había niños: harina y leche. Con suerte, se incluían, en ocasiones, algo de tocino, un kilo de papas y cien gramos de azúcar terciada. "Alguna vez, maravillas, como café y chocolate". Las filas para conseguir los productos eran interminables. Los lujos, como los huevos, se obtenían de estraperlo. Comían, más de una vez, gato por liebre.

De todo esto, Lucía se fue enterando poco a poco, con el transcurrir de los días, porque en esa noche, hubo chocolate y pan suficiente sobre la mesa. Prepararon café y sirvieron la leche caliente en tazas amplias y profundas. El pan adquirió el sabor del gozo cuando lo remojaron en ellas a conciencia. Cada sorbo, cada bocado: una caricia. Un aroma a consuelo se esparció por la habitación. Para cada uno, en su respectivo mundo, un rito. El devenir de lo sagrado. Nieves miró a su madre y su hermana y, por un segundo, tan sólo uno, sintió que quizá tuvieran algo en común.

Los días se sucedieron uno tras otro. Las noches se prolongaban tratando de recuperar historias, de acomodarse en alguna de ellas, pero su pasado era distinto y su sentir también.

Nieves permanecía expectante, observándolas por el rabillo del ojo, escuchando con disimulo. Le hacía gracia el hablar de su hermana, ese acento tan distinto al suyo. También despertó en ella la curiosidad:

¿Cómo será aquel país de donde vienen? ¿Querrá contarme algo de mi padre? ¿Se acordará?

Jimena, por su parte, extrañaba el colegio, a sus compañeros, pero, al mismo tiempo, sintió que estaba en un lugar que ya conocía y al que tan sólo se habían demorado en llegar.

A Lucía, la cotidianidad opresora y sin salida comenzó a dejarla sin aire.

Una tarde, mientras caminaba por el parque al que solía ir con su marido, el color ocre del otoño la sorprendió. Se le agolparon los recuerdos y la desazón. "Mañana será domingo de nuevo. Estoy harta de los domingos".

—Vale, vale. Ya sé que es una obligación que tenéis, pero a mí me tiene hasta las narices esto de la misa dominical. No sé lo que habéis vivido vosotros, pero yo a los curas ni verlos. Que le aprovechen todos al Caudillo.

—Sshh... Calla mujer, habla más bajo. No sabes quién puede estar escuchando.

—¡Cuánto miedo tenéis! No sé cómo podéis vivir así. Pasáis hambre, vestís mal, no hay trabajo y, encima, no se puede ni hablar en paz. Este país no es lo que era. Me parece a mí que, como la cosa siga así, me vuelvo a México.

Era algo más que un simple parecer. Era una idea

que a lo largo de los meses se había ido formando desde muy dentro; alimentándose de desencanto y silencios. De sueños rotos y desarraigo. Esa misma noche, frente a sus hijas, mientras trozos de viento dejaban a la intemperie ramas enteras, ella dejó al desnudo, de la misma manera, los ramales de su pensamiento. Las ilusiones rodaron igual que montones de hojas secas. Pronto llegaría el invierno.

Nieves escuchaba hablar a su madre y la veía sin entender lo que estaba queriendo decir. ¿Se irían de nuevo a México? ¿Se llevaría a su hermana? ¿La iba a dejar otra vez? De pronto una idea funesta la atravesó de arriba abajo. ¿Pensaba llevársela con ellas? Eso sí que no, ni hablar del asunto. De ahí no se movía; que se marcharan si les daba la gana, pero sin ella, claro está.

En un instante sus facciones se tornaron ríspidas, como si el rostro se volviera piedra y desde ahí las mirara. De ser afecta a la magia, tal vez hubiera ideado algún conjuro que repitiera noche tras noche, tratando de contravenir al destino, de implantarle alguna marca que lo obligara a torcerse en otra dirección.

Su carácter voluntarioso, de niña consentida a la que todo se le permite porque "pobrecilla, su padre se ha muerto y su madre vive al otro lado del mar... Cosas de la guerra", le permitía casi siempre "salirse con la suya". A sus catorce años, era una adolescente acostumbrada a ver cumplidos la mayoría de sus caprichos, aunque no pudieran ser muchos dadas las circunstancias, y estaba lista para que en esta ocasión no fuera distinto.

Siempre había sabido que algún día su madre estaría de vuelta y que tendría que irse a vivir con ella. Era una historia, que la historia misma no le permitía olvidar. Sus tíos, sus abuelos, los primos, todos, absolutamente todos, estaban ahí como palabras vivas que se repetían una y otra y otra vez, recordándole su "situación". Pero a pesar de ello, de la conciencia clara del futuro incierto, los cariños y la pertenencia van enraizándose, y no quieres moverte y te aferras a tu suelo, a tus amores, y vuelves los ojos al firmamento, como el dedo alargado del ciprés, al que ni el más frío invierno logra despojar de sus hojas, tratando de encontrar entre la unión de la tierra y el cielo, un poco de consuelo. Entonces Nieves rezó. Rezó durante los días y las noches. Rezó como había aprendido a hacerlo en aquellas aulas en donde se reunían tanto a grandes como a pequeños bajo la tutela de una sola profesora y frente a la mirada vigilante de Cristo y el retrato del Generalísimo.

"Dios te salve Reina y Madre de misericordia, vida, dulzura y esperanza nuestra...

Sí madre, tú sí eres mi madre, mi única esperanza, no dejes que me lleven. No me quiero ir.

A Ti clamamos... A Ti suspiramos, gimiendo y llorando...

Por favor, por favor te lo pido, que se queden..., o que no, pero que no me lleven.

Ea pues, Señora Abogada Nuestra...

Yo sé que tú puedes lograrlo. Sé que ella también es mi madre y que con ella debería estar, pero yo aquí viví, aquí crecí, aquí me quieren, casi no las conozco. No me quiero ir.

Vuelve a nosotros tus ojos misericordiosos...

No te olvides de mí. Te lo ruego, te lo suplico. Éstas son mis calles, mi gente. No quiero dejar a Salvador, es mi tío preferido, ni a Manoli, ni a Mario, ni a mis otros primos, ni a nadie...

¡Oh, clemente, oh piadosa, oh dulce Virgen María!

Ruega por nosotros, Santa Madre de Dios...

Escucha mi ruego. No dejes que me lleven. Te lo pido. Te lo ruego. Te lo suplico.

Amen

Amén".

Y, a su modo, el cielo la escuchó.

"Venga mañana, me decían, aún no sabemos nada. Y yo venga a ir un día y al siguiente y otro más. Di más vueltas que un molino. Y con estos nervios que me comían por dentro. Algo olía mal y ya traía la mosca tras la oreja. Ya sabía yo que no iba a ser fácil". Fácil, expresión que de tan imposible parecía haber extraviado su significado. Fácil: que cuesta poco trabajo; sin esfuerzo. Era claro que esas letras habían desaparecido de su vocabulario. Algo más que añadir al apartado de las pérdidas. No quiso hacer el recuento.

"Y al final, nada. Nada de nada. Que no se podía y ya está. Por muchos papeles que les llevara y muchas vueltas que diera. Nieves se quedaba en Madrid. Para podérmela llevar tenía que reclamarla desde México. Por muy su madre que yo fuera; que era cosa de los gobiernos... ¡Dichosos gobiernos! Qué sabrían ellos..." A Lucía aquí se le cortaban las palabras, le desaparecía la voz.

Durante muchas noches Lucía durmió poco y mal. La asolaban los presagios. En el día la envolvían las voces y sus ecos: "que no, que no se la puede llevar...", "aquí no hay más que miseria, miseriaaaa, miseriaaaaa..." "son unos infelices..." "que nooo, que nooo", "calla, mujer, callaaaaaa,..." "pero... dejarla de nuevooo, de nuevoooo, nuevooo..." Hasta que al fin, sin saber cómo, por un instante, logró detener el pensamiento y lo supo. "No se puede vivir aquí. Esto no es vida. Me voy a México y la reclamo desde allí."

Ahora había que juntar dinero para el regreso; lo que le quedaba no era suficiente, durante los seis meses que llevaba ahí, por más que buscó, no encontró ningún trabajo disponible y algo tendría que dejar para que Nieves viajara más adelante.

Durante los primeros tiempos de la guerra, después de que Lucía empacara las pocas cosas que se pudo llevar, sus hermanos lograron guardar algunos de sus muebles y los habían cuidado y conservado para cuando ella pudiera volver. Ahora esos sillones, alguna cómoda, un ropero y la coqueta se venderían. Eran sólo cosas. La memoria se lleva en otra parte.

Pasaron tres meses. Ya sólo quedaba despedirse.

Empacó las sonrisas, la imagen de esas calles, los gestos, los olores, las manos generosas, los abrazos y las palabras de aliento; la mirada de su hija. Trató de no olvidar. La maleta pesaba más que nunca.

"Nieves, hija, pórtate bien, bonita. Ya podrás venir pronto con nosotras. No des mucha guerra y sé buena." La atrajo hacia sí y le dio un par de besos en cada mejilla. Nieves se dejó hacer.

Lucía tomó a Jimena de la mano y se alejó, al darse la vuelta para despedirse, sacó su pañuelo, se limpió los ojos y envolviendo en él un "no sé si volveré..." se lo guardó en el bolsillo. Cuántos gestos repetidos. El mismo hacer. Una, otra y otra vez. Cuántas veces el adiós.

Fue un viaje eterno. Un sudario de tristeza le envolvía el corazón, porque esta vez, a diferencia de las anteriores, llevaba también con ella un cúmulo de certezas.

Llegaron a México, de nuevo "con una mano delante y otra detrás". De nuevo a empezar. Una mesa, seis sillas, una estufa de petróleo. Una cocina. Porque la vida es a veces así. Un cuento de nunca acabar. Quizá por eso, mientras yo era niña, se lo escuché tantas veces: *Este era un rey que tenía tres hijas, las metió en tres botijas y las tapó con pez. ¿Quieres que te lo cuente otra vez? No se dice que no, se dice que sí. Este era un rey que tenía...*

AL DARSE CUENTA Nieves de que sus ruegos habían sido escuchados se sintió contenta. Lo había conseguido. Se quedaría en España "a pesar de la miseria". Sí, estaba contenta, ¿entonces? Algo en ella era distinto. Desde que su madre y su hermana se habían ido, un gusto agrio se le instaló en el cuerpo. Humores descompuestos. Los primeros días lo notó más. No pudo darle nombre, no le encontró la forma, era una inquietud, un resabio de dolor, en ocasiones, como pequeñas espinas recorriéndole la piel. Después, el murmullo de la vida cotidiana los haría enmudecer; sin embargo estarían ahí, acechándola. Quizá un pensamiento que no se atreve, una emoción que se atraviesa, su complicidad. Destellos que de pronto la cegaban. Relámpagos. Su visión empeoró. Oleadas amargas la azotarían el resto de su vida. Presagios seguros de tormenta. Páramo cubierto de silencios que se volverían grito. Y es que cada quien lleva dentro su propio mar y su desierto.

Una tarde de octubre, tiempo después de su vuelta a México, Lucía se puso su mejor calzado, una chaqueta gris y tomó su bolso negro.

—¿A dónde va tan guapa, doña Lucía?

—¡ ...!

Doña Lucía. Doña Lucía... Doña Luc..., Doñaaa... Las palabras resonaron llenando los espacios. Se esparcieron formando círculos concéntricos. Invadieron su orgullo y su satisfacción. Años frente al fogón. Desde el amanecer hasta entrada la noche. Día tras día sin descanso. Domeñando la pena al conjuro del aroma profundo que, cómplice de las horas, se esparce y deja atrás los lamentos. Mirándole fijamente los ojos a la vida.

—A casa de mis suegros, parece que lo de Nieves se ha arreglado ya, podrá venir en unos cuantos días.

Los padres de Ignacio habían llegado a la Ciudad de México unos meses antes del regreso de Lucía. Sobrevivieron a la Segunda Guerra, al hambre de la posguerra, a la lejanía. Sus hijos los recibieron con los brazos llenos de añoranza. En un principio se acomodaron en casa de uno de ellos y más tarde, entre todos, les pagarían el alquiler de un pequeño departamento. Saber que Lucía se había marchado, los entristeció. Deseaban tener, al fin, a su familia junta, reconstruirse. Lucía, Nieves y Jimena eran lo que les quedaba de uno de los hijos que habían perdido. Les hubiera gustado que estuvieran ahí. Por eso, en cuánto supieron que estaban de vuelta, no dudaron ni un instante en ir a buscarlas. Además, a Lucía le tenían cariño, siempre reconociendo que quizá, a pesar de haber tenido una educación deficiente, era una buena mujer.

De algún modo, Lucía supo que debía permanecer cercana a pesar de las diferencias. Sus hijas, y ella misma, necesitarían una familia. Necesitaban pertenecer.

El abuelo, como cariñosamente lo llamarían desde entonces, se avocó a conseguir que Nieves pudiera estar con su madre. Buscó a sus conocidos, a los "paisanos" que en el exilio se mantenían unidos y trabajando en la ciudad. Fueron muchas las mañanas y las tardes que pasó en los centros de reunión; yendo del *Tupinamba* al *Do Brasil*, del *Fornos* a *El Papagayo*, aquellos "cafés de refugiados españoles" en los que igual se organizaban tertulias políticas o literarias como acalorados debates que, en ocasiones, terminaban en ruidosas broncas. Ya lo dice el poeta: *Tenemos los españoles la garganta desplazada y en carne viva. Hablamos a grito herido y estamos desentonados para siempre, para siempre, porque tres veces, tres veces, tres veces tuvimos que desgañitarnos en la historia hasta desgarrarnos la laringe.* Así, con la voz en cuello, o en bisbiseo, lloraban sus penas, diluían la exclusión o intentaban arreglar el mundo. Y el abuelo, logró, en parte, recomponer el suyo. Aquél español había logrado hablar "*desde el nivel exacto del hombre*" y ser escuchado. No le fue fácil, pero al cabo de dos años, tendría junto a él a todos sus nietos, incluyendo a Nieves.

Ahora Lucía, llevaba el corazón cargado de emociones que tiemblan acelerando el latir. Tendría que hallar la manera de suavizar el reencuentro.

Nieves se subió a aquél avión que habría de traerla a México llena de pena. De soledad. No entendía de dónde le surgía el abandono, pero éste se le clavó en la piel como un viento helado que incluso le dificultaba respirar, y así, a cada inhalación, le seguía un suspiro, un ahogo y una lágrima. Lloró muchas y se guardó otras tantas, hasta que se le depositaron todas entre el corazón y la garganta, formando con el tiempo pantanos de coraje y de dolor. Fue como si se hubiera roto. Y todo eso pasó sin darse cuenta. Pasó mientras volaba, sola, callada y triste. Entre las nubes. Lo cierto es, que desde entonces, anduvo por la vida entera por fuera y resquebrajada por dentro. O fue quizá que se le cuarteó la suerte tres años después de que nació, o simplemente la traía agrietada desde un principio. O Tal vez que no supo disipar la nube que le obstruía la mirada y distorsionaba la realidad.

Mientras tanto Lucía preparó la comida con la que la recibiría: entremés de carnes frías, croquetas, una tortilla de patatas, callos a la madrileña, conejo a la cacerola y de postre, natilla y torrejas, además del panqué de natas para merendar. Estaba segura de que con eso no echaría tanto de menos lo que iba dejando a sus espaldas. La recibiría con un pedazo de España en la mesa. Con una familia nueva: tíos, tías, primos y abuelos. Todos deseosos de conocerla, de integrarla a su historia. Todos creyendo que hablaban su mismo idioma y, si bien, de algún modo eso era cierto, también lo es que muchas de las palabras tenían para ellos distintos significados.

Se bajó del avión con los nervios de sus dieciséis años encima y la sombra de la rebeldía cosida a sus pies. Se bajó llevando a su alrededor un asomo de desconfianza y expectación.

Le costó trabajo encontrar a su madre y a su hermana entre la multitud; culpó de ello a su miopía. Se aferró al recuerdo que tenía de ellas, buscó en su memoria. Estrujó con fuerza la carta que llevaba entre las manos. Al fin las reconoció. No supo si el corazón se le detuvo un instante o si bien había comenzado a andar. Así, dio los primeros pasos hacia ellas.

El abrazo fue cariñoso, para Lucía, prolongado en el pensamiento, breve en la realidad. Las lágrimas, reposando en los lagos de la emoción, apenas hicieron un intento por asomarse. Ambas habían construido diques profundos.

Sus abuelos y uno de los hermanos de su padre también habían ido a recibirla, le dieron sendos besos en las mejillas, como si volviera de un largo viaje, no de una vida de distancia. Jimena se puso enseguida a su lado, la tomó del brazo y le fue murmurando cosas al oído. Ambas sonrieron.

En aquella primera cena se habló y se habló, de muchas cosas y de nada, como el resto de los días. Y así fue como se llenaron las palabras de silencios, ausencias y vacíos.

México le habló a Nieves en un tono extraño, entre murmullos y estruendo; entre lo ignoto y lo acostumbrado. Le costaba entender cómo había perdido una familia y encontrado otra tan distinta y tan igual. Que hablaba de libertad y no le permitía moverse, de países soberanos y ella sin lograr hacer su santa voluntad.

Jimena, aquella noche, durmió contenta; con su hermana al lado. Una presencia que no había sido más que un nombre largamente repetido. Una presencia y una historia que con el tiempo adquiriría peso específico, pero que en aquel entonces representaba ya una compañía para su soledad.

EL SOL DE OTOÑO BRILLA OTRA VEZ. Es un día claro y transparente. El aire, sin ser frío, indica la proximidad del invierno. Un invierno que no será blanco y en el cual la mayoría de los árboles conservarán su follaje. Un invierno discordante con las remembranzas y que tendrá sabor a nostalgia.

Ha pasado un año desde la llegada de Nieves. Amanece entre dimes, anochece entre diretes. Le gusta discutir. Quisiera entrar y salir sin dar explicaciones; volver a la hora que le da la gana. "Pues no sé lo que harías allá, pero aquí eso no se puede y ya está", se escucha decir a Lucía una y otra vez. "Con lo a gusto que estaba yo allí," replica, la otra, hasta el cansancio. "Ya se acostumbrará", murmura la madre para sí; como se ha ido acostumbrando ella a tantas cosas. Jimena las oye y las ve hacer.

Y los meses se van decantando en el trasiego de todos los días y la existencia va encontrando su acomodo

Lucía permanece en la cocina, atiende a treinta españoles, poco más o poco menos, que acuden a su casa para el desayuno, la comida y la cena; para sentirse próximos a su tierra por medio de la convivencia, los dichos y el paladar. Son pocas las horas de descanso; no las busca, quizá tampoco las necesita. El tiempo se ha vuelto sólido y en él se condensan, encadenados, el pasado, el presente y el futuro. El inconcebible universo en su proceder infinito. Son horas vencidas que impiden el irrumpir de los pensamientos y la melancolía que derrotan y doblegan.

Cada una de sus hijas va estableciendo su propio rumbo. Jimena ha seguido el curso de los acontecimientos de manera natural, acoplándose a las situaciones, creciendo en ellas. Regresar a su mundo, a su escuela, con sus amigos la ha llenado de contento. Le gusta leer, entender lo que tienen que decir tantas y tantas palabras. Establecer su dimensión, la diversidad de sus significados. Aprende. No le es fácil acceder a los libros, en su casa sólo hay los que ella ha logrado adquirir después de ahorrar los pocos centavos que su madre puede darle. Ahora tiene que dividir esos céntimos entre dos. No parece importarle. Sin pensarlo demasiado le ha tendido la mano a su hermana y ésta la ha tomado, caminarán juntas un largo trecho.

Nieves ha dejado claro su descontento. No hay manera de ignorarlo o dejarlo pasar. Aparece en su voz altisonante, en su espalda curva, en la mirada sin luz. Su mal humor se asoma sin provocación alguna, sin embargo, en los meses transcurridos fue logrando hilvanar, por instantes, el torbellino de su emoción, como hilvanaría toda su vida y trataría de coser los retazos en que se fragmentó. Puntada a puntada se convirtió en modista.

1955. Han pasado cinco años más. Años durante los cuales en una España aislada y mísera se prohíbe la lectura de Anatole France y Stendhal y se pretende convertir a Ortega y Gasset al catolicismo; las mujeres españolas se ven obligadas a pedir permiso al marido para viajar, trabajar y casi, casi hasta para respirar, mientras se intenta encubrir, en la medida de lo posible, los efectos devastadores del exilio. Años en los que en México por primera vez la mujer emite su voto en unas elecciones federales y Rulfo escribe "El llano en llamas".

Aún no amanece DEL TODO y en la cocina ya se escucha el chocar de las cacerolas y se siente el olor a leche hirviendo en la hornilla. Jimena abre los ojos, se los frota un poco y lanza la pereza hacia el otro extremo de la habitación. Ahí ya no hay nadie; Nieves se ha puesto en pie justo a tiempo para no dejarse atrapar por ella. Es un hábito que fue adquiriendo, no sin esfuerzo, desde su llegada. En Madrid, esa ciudad que aún extraña hasta el cansancio, el día comenzaba más tarde, se trabajaba menos horas y no había quien se atreviera a saltarse el derecho sagrado de la siesta. En México, también eso es diferente, sólo es posible "echarse un rato" cuando podían robarle minutos al reloj; después de correr y correr tras sus manecillas.

Aquella mañana no sería muy distinta a muchas otras: tomarían su turno en el baño, pelearían un poco porque una no dejaba estar lista a la otra, su madre daría un par de voces, se sentarían a la mesa, conversarían con alguno de los huéspedes, beberían un último sorbo de café y saldrían con prisa para tomar un tranvía o el trolebús, no sin antes guardar el bocadillo —generalmente un trozo de pan con una barra de chocolate dentro— que ya las esperaba sobre la consola cerca de la puerta. Jimena se iba a la escuela. Estaba a punto de terminar el primer año de la preparatoria; Nieves encaminaría sus pasos hacia el taller de costura en el centro de la ciudad donde, rodeada de muchachas, y bajo la tutela de otra trasterrada igual que ellas, aprendió a cortar, a sacar patrones, a unir un trozo de tela con otro y a que de sus manos surgiera el vestido nacido de un sueño.

Pero ese día, igual a muchos, muchos días, mientras Lucía hace la compra en el mercado de San Juan, Manolo, el dueño de la salchichonería, clava en ella la duda: "¿piensa seguir atendiendo y cocinando para tanto hombre, teniendo dos chicas jóvenes en casa? Ya no son unas niñas". La duda, como todas las dudas, crece, se ramifica, se vuelve espina que se va clavando aquí y allí: en una orilla del estómago, en las yemas de los dedos, cerca, muy cerca, del centro de un corazón. De pronto pareciera que el universo entero hubiese estado detenido y así, sin más, se pusiera a girar otra vez. ¿Podría contener el vértigo? A la vida no hay quien la detenga; cuando parece que se queda quieta, es tan sólo una ilusión.

Dejar de hacer. Dejar de hacer lo que durante años le ha permitido sobrevivir. Salir del refugio de la cocina. Trasladar los recuerdos, envasar los suspiros, guardar los frascos de lágrimas evaporadas. Ha cambiado sus cosas de lugar tantas veces que...

"Si se decide yo le doy la mercancía; le fío para la rebanadora, la báscula y la vitrina. Ya me pagará". Rosa, una mexicana que conoció allí mismo y se había hecho su amiga, le prestó el nombre para que pudiera poner en el mercado de Tacubaya su propia salchichonería: *La Española*. Ya no quedan dudas, solo un alma y su agradecimiento.

Lucía inauguró su pequeña tienda justo la misma mañana en que se celebraba un aniversario más del mercado, entre globos de helio, mariachis, marimbas y vitroleros repletos de flores en cada uno de los locales. Color y música que se repetiría cerca de veinticinco años.

Sin embargo ese día no todos tendrían el mismo ánimo para celebrar. Nieves y Jimena, ambas por razones distintas, estaban lejos de estar contentas. Y es que las ilusiones, esos errores de los sentidos que trastocan la realidad, habían ido cayendo como gotas que se estrellan y despedazan sobre las rocas.

Jimena cerró los ojos, los sonidos se tornaron clamor de mar, y deseó que el entorno fuera otro; que de los estantes desaparecieran, las latas y embutidos y les dieran paso a hileras e hileras de libros; pero no, la magia, si es que existe, opera de un modo distinto. Así que, al abrirlos, sintió cómo la certeza se le clavaba en las pupilas haciéndola llorar. Dejó la escuela. No podía seguir estudiando. Su madre necesitaba unas manos y una mente que la ayudaran, pues al igual que las palabras, los números, los porcentajes y las cifras escapaban de su control. ¿Cómo despachar el jamón o los huevos sin saber cuánto son cien gramos en un kilo? Así que Jimena se puso a ordenar las cifras: cuánto cobrar, los pagos por hacer; los inventarios. Supo, sin mucho esfuerzo, cuánto pesa la desilusión.

Nieves, por su parte, veía las cosas únicamente desde el ángulo de su mirada. Este cambio tan repentino de giro era sólo una estratagema para alejarla, una vez más, de la posibilidad del amor.

Hacía dos años ya de lo de Enrique, de aquello a lo que ahora, a la luz de la distancia, se le presentaba como un ensueño. De aquellos días conservaba el recuerdo de los brazos cálidos, de la risa fácil, del placer de mirarse en otros ojos; pero también la preocupación de su madre y las palabras perentorias de su abuelo retumbando como rocas que caen dentro de su cabeza: "¡Me cachis en la mar salada! ¡de ninguna manera, joder! Que ese hombre te dobla casi la edad. Qué te casas ni que ocho cuartos..."

Enrique: un nombre y una silueta ya lejana, una duda que rondará en los días de oscuridad. Si esa era o no la mano a la que debió haberse aferrado para llevar una vida calma, si se enamoró o sólo fue un capricho, una necesidad o un deseo, es algo que quedará en la imaginación, flotando entre las cenizas del pasado. Un pasado irrenunciable y frente al que no hay posibilidad de redención.

Lo que sí es cierto es que es otra parte de la historia de la que se habló nada, se recuerda poco y permaneció muda en la memoria, haciendo más ancho el silencio. Silencio que devora las palabras, los pensamientos y termina, algún día, despedazando el alma con su estruendo.

Quizá hay historias que se urden así; con retazos e hilos de recuerdos y vacíos. Mientras la vida avanza, se desliza entre pespunte e hilván. Ahora surge de entre los dedos de Nieves un vestido de novia: cuello de ojal, manga tres cuartos, ceñido a la cintura con un moño simple; blanco, sencillo, impecable. Su primer traje de novia. El resultado es exquisito. Debería sentirse feliz. Sin embargo no es así. El vestido es para su hermana y no para ella. Ella, que ya tiene veinticinco años; la que fue abandonada en medio de una guerra; ella, la que ha vivido sin conocer a su padre; a la que arrancaron de su tierra; la que se reunió tardíamente con su madre y aún no sabe lo que significa el encuentro; ella, la que hasta ese momento sigue preguntándose si algún día se topará con el amor. Ella... muere de celos.

Jimena está radiante. Se casa en un mes con un muchacho bueno y que comparte con ella las sombras de la persecución, los ecos de las bombas, el hueco que deja el hambre. Y lleva escrito dentro de su ser cada letra del exilio. Un refugiado más cuyo tono de ojos evoca los misterios del mar. Es amigo de su primo Rodrigo.

Rodrigo había llegado a México unos meses después que Nieves, cogido con firmeza de la mano de su madre. Y Nieves llevaría esa imagen como una cicatriz indeleble que se fue haciendo más profunda a medida que conocía los detalles de esa otra historia. Sin embargo quizá no sea éste el momento de contarla, acaso más adelante, si resulta necesaria para comprender.

Baste decir que en su memoria, había una mano aferrada a la de un hijo y otra mano, que sin saber cómo, suelta y deja ir.

Por ahora la atención está en Jimena; en los preparativos de la boda, en los regalos esparcidos por doquier, en la ceremonia en sí. Se casarían en la Capilla de la Iglesia Sabatina. Recorrería el pasillo hasta el altar tomada del brazo del hermano mayor de su padre. Su hermana, la madrina de lazo. Su madre, su principal testigo. Eran otros los tiempos, otros los países, otro el sentir.

Lucía algunos años atrás había vuelto de nuevo los ojos al cielo. Un cielo que por mucho tiempo creyó perdido y en el que habitaba un Dios ciego y sordo. Ahora cabía de nuevo en ella la duda, ¿y si tan sólo era que estaba confundido entre tanto odio y desesperación? Y si por alguna razón que escapa al entendimiento, ¿esos hubieran sido sus designios? A ella de pequeña le enseñaron a creer. Dios estaba en todas partes y tenía injerencia en todas las cosas: en el aire fresco de la mañana, en la lluvia con la que reverdecían los campos, en cada lucero, en la luz del amanecer. Cómo seguir acallando la voz de lo aprendido. Quizá los hombres envueltos en su soberbia y su miedo lo confundieron todo. ¿Qué culpa tendría Dios de su estupidez? Sólo de una cosa estaba segura: ya había pasado demasiadas noches de soledad y desamparo y, a veces, bajo la inmensidad del firmamento, necesitaba creer en una fuerza capaz de arroparla a pesar de la distancia. Necesitaba volver a la seguridad de su niñez. Tal vez de ahí surgió el deseo de ver a su hija frente al altar.

Y las familias de ambos consintieron. Los que creían y los que no. Los tíos, las hermanas, los primos, los abuelos. Todos elegantes y contentos. Incluso Nieves, que había aprendido a querer a su hermana y a hacer a un lado los resquemores y, en ocasiones como esas, se mostraba tan alegre como el que más. Los novios comenzaron entonces una nueva historia juntos. Una historia que se escribe desde hace casi sesenta años a renglón seguido y con ellos aún tomados de la mano.

Uno, dos vasos, tres. El primero antes de salir; el necesario; el segundo en Riaguas de San Bartolomé, pueblo donde nació su madre y ahora con tan sólo ciento treinta y cuatro almas; los recuerdos; el tercero camino a Segovia; el entusiasmo. Otros más; las certezas.

Nieves se subió a aquél acueducto ebria de emociones. No pensó en el riesgo, ni en el vértigo de las alturas. Sólo estaba atenta a las caricias del viento que la rodeaba. Sus pensamientos volaron de ida y vuelta cruzando el océano. Saetas de melancolía.

Estaba de regreso después de trece años. Trece años sombreados todos ellos de añoranza. De vuelta en su tierra, en ese país que tanto colmaba su nostalgia. Muchos carretes de hilo habían pasado entre sus dedos desde entonces; horas y horas de pedalear en aquella *Singer* "ojo de perdiz", de segunda mano, que habían comprado a plazos. De ella y del trabajo de su madre y su hermana habían salido las monedas que pagaron ese viaje largamente añorado. Fue casi en el instante en que puso los pies en aquél suelo que supo lo que quería hacer: quedarse ahí para siempre.

Aprovechó cada minuto, cada hora de su estadía. Sintió que los meses se evaporaban bajo el calor del verano y el correr incesante de las manecillas del reloj; que los cariños adquiridos del otro lado del mar se diluían formando ríos que unirían las distancias.

No sabía cómo iba a mantener el equilibrio, cómo reparar la grieta que le dividiría el corazón, pero estaba cierta de que ella pertenecía a ese mundo de voz altisonante. Buscó el departamento en el que pensaba vivir cerca de la calle Alcalá y la Plaza de Toros de las Ventas; hizo los arreglos necesarios para el apartado y con el alma henchida y la seguridad de su decisión entre las manos volvió a México.

Lucía esperaba todo menos eso. Estaba lista para sortear las comparaciones indeseables, el sabor amargo de las palabras, la mala leche, el descontento de las miradas, todo, todo en absoluto, menos la noticia de una partida.

No contaba con esa alegría, ese cambio de actitud. Ahora menos que nunca. Lucía quería creer que Nieves ya se había resignado a su suerte, que estaba contenta con su trabajo, que México ya no le era ajeno. Le gustaba imaginar que con el nacimiento de la hija de Jimena un par de años atrás y este nuevo embarazo, la alianza que habían tejido era difícil de romper y ella estaba anudada en ella de alguna manera. La fragilidad de la ilusión.

Pasados unos días Lucía se recompuso. Creyó reconocer dentro de ella una nueva fuerza en movimiento, si bien no supo en qué dirección. Quizá fue tan sólo la intención de un pensamiento o una inquietud que iba más allá de sí misma. Tal vez sintió que tenía una deuda que saldar o, sólo, los efluvios de una culpa.

Por la culpa, por su culpa, por esa maldita y asquerosa culpa, que se desliza, que se arrastra como una serpiente oculta por el torrente sanguíneo e invade con su veneno cada órgano, cada víscera, cada corpúsculo de la piel. Entonces... la culpa es piel. Piel-cansancio, piel-angustia, piel-remordimiento, piel-conciencia. Cientos de pieles sobre un solo cuerpo. Sin saber cómo, de pronto, se escuchó decir: "está bien, compramos ese piso. Me voy contigo."

Nieves aceptó la propuesta, así, sin más, tal vez invadida por la sorpresa. Tenía cerca de treinta años, el corazón vacío y el anhelo de volver enquistado en el alma. "Como quieras; tú sabrás". Dijo, sin mayores contemplaciones. Si su madre se iba con ella, pues que se fuera, de cualquier modo se movería a su aire, sin cortapisas. Pensaba reconquistar todas y cada una de las calles, los parques, las plazas de su niñez. Haría suyas las noches madrileñas, la algarabía de La Puerta del Sol, el silencio de El Retiro. A vivir, se ha dicho. Y quién sabe, quizá estando allá, las dos solas, en aquel país al que pertenecían, encontraran el tiempo y el modo para reparar los destrozos.

Era claro que la España a la que volverían no era la misma de la que se habían marchado cada una en su momento. La de las avenidas desiertas, con sus moradas rotas y los techados caídos; la del hambre y la desesperanza. Estaban ya en la década de los años sesenta

y, a pesar del estancamiento y lo eterno de la posguerra, se mostraban incipientes signos de recuperación.
Vivir en calma les costaría ahora un poco menos de
trabajo.

Esa noche Lucía se miró en el espejo. Hace mucho que no se detiene más de unos segundos frente
a él. Su mirada se perdió en la imagen que reflejaba.
Tuvo frío. Abrió la llave de la regadera y dejó que el
vapor invadiera cada resquicio. El espejo sudó muerto
de miedo. Lo dejó hacer. Después de unos minutos,
tomó la toalla e hizo a un lado la niebla que lo cubría.
El rostro de una mujer de más de cincuenta años se
perfiló frente a sus ojos. Le pareció que la miraba desde muy lejos, desde una historia que dolía. El espacio
se llenó de sombras invadiendo su memoria. Escuchó
entonces los ecos del llanto y la tos convulsa de una
niña, el estrépito de las bombas; el rumor del océano y
sus abismos; el silencio de la noche entrecortada; tantas y tantas despedidas. Diferentes formas de la muerte. Poco a poco emergió de los recuerdos. De sus ojos
pendían dos gotas congeladas. Se llevó las manos a la
cara y en el instante notó las huellas de los años sobre
ellas, fue quizá cuando pensó en su propio tiempo de
morir. Después de tanto, tal vez sí mereciera ser sepultada bajo aquella tierra. No, la suya no había sido una
decisión precipitada. Había surgido desde un rincón
profundo. Al menos lo creyó así, pero esa noche y durante muchas otras más, Lucía dejó de soñar. La vida
es a veces un misterio.

Gota a gota van cayendo los minutos y las horas como si fluyeran en la clepsidra. El fin de aquel verano marcó el veloz aparecer de otro invierno, como si los meses intermedios hubieran desaparecido junto con las hojas del otoño arrastradas por el viento. Jimena tiene ya dos niños que cuidar y cada vez le es más difícil ir a la tienda para ayudar a su madre. Es Nieves quien ahora debe partir el tiempo a la mitad. Sabe bien lo que significa estar escindida. Siempre entre la realidad y el deseo. De nuevo se dividió. Disfrutaba de su trabajo. Del de su madre no. La misma desintegración. Aún así se afanaba. Ahorraron lo más posible para poder, al fin, regresar. Los gastos por hacer se antojaban interminables. Claro está que la venta de los muebles y otros objetos que se acumularon con los años les sería de gran ayuda, pero no lo suficiente, y ninguna deseaba partir llevando deudas sobre sus espaldas. Eran ya muchas las cosas que cargar.

Se levantaba con el alba. Y, junto con los primeros rayos de luz, las tijeras, el dedal, las tizas y las agujas se sacudían la pereza; las telas se extendían ansiosas sobre la mesa de la costura. Desde la cocina se escuchaba el trajinar de Lucía con las cazuelas preparando la comida del día. Aquél departamento abría los ojos dejando atrás las sombras del recelo dormido. Poco más tarde, Lucía emprendería el camino hacia el "changarro" que ocupaba el resto de su actividad. Nieves llegaría horas después a compartir la jornada, deseosa de estar de vuelta, lo antes posible, frente aquella máquina de coser y su eterno sisear.

Para Lucía la rutina doméstica se convirtió en la expresión de una nostalgia que aún no se atrevía a definir. Hacía el recorrido de las calles de su barrio con la parsimonia de quien desea no olvidar ninguna de las huellas del camino. Se detenía en cada esquina, en cada negocio de alrededor y conversaba un momento con los paisanos que se encontraba a su paso; escuchaba los consejos, las advertencias, los anhelos de quienes, como ella, llevaban en la mente y en el alma los fantasmas del retorno. En su cuerpo se encubría la inquietud. No entendía bien porqué, sin darse cuenta, se le nublaba la emoción. Tan sólo pensar en tener frente a sus ojos la boca descarnada de las maletas hizo que el mundo girara y se le oscureciera la mirada. Qué clase de grito tendría que morir ahora sofocado dentro de ellas. Las letras de la palabra abandono la golpeaban de manera intermitente sin que lograra atraparlas y ponerlas en su exacta dimensión. Lucía se sabía casi desde siempre con el corazón partido en dos e hilvanado, únicamente, con unas cuantas puntadas. Algo le decía que hiciera lo que hiciera, se fuera o se quedara, esa sutura no habría de perdurar.

Quiso acallar las voces, los presagios. Las noches se volvieron sueños muertos. Sin embargo, si algo aprendió a lo largo de esos años, era el sentido práctico de la vida, así que casi intuitivamente, decidió ignorar la oscuridad.

Siguió con el quehacer de todos los días, sólo que ahora la distancia entre su casa y la tienda parecía haberse incrementado. Eran más cortos los pasos, más las veces que se detuvo aquí o allá. Entonces, una de aquellas mañanas, sin pensárselo mucho se metió a *La Giralda*, un comercio de ultramarinos que no llevaba mucho tiempo en la zona. Vendían productos de su tierra y de otros países también allende el mar. Circuló por ella como si paseara y después de un rato buscó al encargado. Un muchacho, al que creía haber visto por ahí alguna que otra vez —"algo más joven que Nieves", tal vez se le cruzó por la mente al verlo de cerca— se presentó: "Julián López, en qué puco ssservirlaaaa". Era un andaluz con el característico hablar entrecortado y una sonrisa en los ojos. Ella también sonrió.

"...Así que ya llevas algunos años por aquí. ¿Cómo es que no te he conocido antes? No, es verdad, no solía andar con esta calma por el rumbo. Ahora no sé qué es lo que pasa que no tengo prisa de nada... ¡Uy! que caro tenéis el abulón. No, de esto aún no tengo mucho; se me vende mejor la sardina y el bonito... ¿Y estás tú solo en México? ¿Has dejado a la familia por allá o qué?... A ver, me voy a llevar este vino; en unos días es cumpleaños de mi hija la menor, la casada... Apúrate, que ya voy tarde... No, ahora está Nieves, mi otra hija, en la tienda, pero tiene que probar hoy a unas clientas y no sé si ya lo tiene todo listo. ¡Hay que ver qué manos tiene esa chica para la costura!... ¿Tienes muchos hermanos? Dime ya cuánto debo, anda... Así que se han quedado todos por allá. Y tú, ¿por qué te has venido, eres un aventurero o qué? ... ¿yo?, pues ya lo ves, lo que trajo la guerra por aquí. En casa es donde nos debíamos haber quedado todos. Pero no se pudo y ya está... Hacer la América... ¡Qué hacer la América ni que ocho cuartos! Sí, a eso habéis venido muchos. Yo he tenido que venir para no morirme. Como otros. Dichosa guerra... Pues trabajar como un burro, qué más podía hacer... Sí anda ya, y quién iba a querer casarse con una viuda y dos hijas, a ver... Prefieren irse al pueblo y traerse una chavala. Venga, no me entretengas más, que me voy... ¿Y tú, ya te has echado novia aquí o qué? Cóbrame, anda. ¡Mira que te gusta hablar!... Casi lo olvido con tanto jaleo, ¿me tienes listos los precios que te pedí o es que voy a tener que volver más tarde?... Tú sí que estás bueno... le diré a Nieves que pase ella, así la conoces de una buena vez. Es majísima, ya lo verás... Pues sí, lo que son las cosas, a ella le gusta más lo de la cocina y se la da muy bien; a la otra le gusta menos... ¡Madre mía! Qué tarde es..."

Lucía llegó esa noche con la bolsa de la compra cargada de novedades y entusiasmo. Se cuidó bien de no dejarlo caer de sopetón. Sacó las viandas y las acomodó con calma sobre la mesa. Preparó los bocadillos. "Nieves, vente ya a cenar, hija". Se sentó junto a la estufa con la actitud paciente de la espera y con la mirada fija en el azul de la llama. Mientras aguardaba el hervor de la leche, sintió dentro de ella estallar borbotones de ansiedad. El calor que surgía de su cuerpo le arreboló las mejillas. En ese instante se puso de pie y con las manos desnudas retiró el pocillo de la hornilla. Desde hacía tiempo la piel se le había convertido en un tejido protector. El olor a leche hervida se desparramó por la habitación y con él la certidumbre. "Me estoy volviendo vieja", la oyó decir Nieves, en voz alta, justo en el momento en que entraba a la cocina.

"Nos volvemos viejos todos, madre". Se acercó y abrió la ventana permitiendo que se colaran los jirones de la noche. El aire trajo consigo un aroma de lluvia ligera. La voz de Lucía estaba lista para dejarse escuchar. Así, envuelta en las palabras de su madre, conoció Nieves la historia de Julián.

Fue un relato simple, como cualquier otro: sin magia, sin misterio, sin misticismos. Quizá fue eso lo que llamó en ella su atención. Quizá estaba cansada de historias complicadas, llenas de huidas, temores, de rabia y añoranza. De sobrevivencia a ultranza. O tal vez, tan sólo fue que se le acomodó, despacio, muy despacio en el hueco solitario del corazón.

El aparador de la tienda *La Giralda* era grande, tanto como para dejar que se pasearan frente a él los ojos al ritmo de la holganza sin que nadie sospechara del nerviosismo que los animaba, lo que le permitió a Nieves sostener ahí la mirada mientras intentaba descubrir el sabor del guiso de palabras que su madre había preparado en los días anteriores y que seguía cocinándose en su interior, formando en ella un entrevero de curiosidad e inquietud. Así pues, parecía que examinaba con celo todas y cada una de las mercancías exhibidas, mientras dilataba los pasos que habrían de llevarla al encuentro de Julián. Sin embargo, de pronto, como si hubiera recibido un pinchazo de alfiler que la obligó a dar un respingo, se vio frente al mostrador preguntando con desempacho por el encargado.

No era alto, un poco más bajo que ella, eso seguro; pelo negro, peinado con pulcritud hacia atrás; nariz recta, aunque un poco larga para su gusto, y pequeños ojos café oscuro, en los que no era fácil mirar el interior. Por lo demás, al parecer, un hombre como cualquier otro. Agradable, eso sí, ameno y hasta divertido y, en apariencia, honrado y trabajador como el que más. Lo tenía que reconocer, en esta ocasión, llevarle la contra a su madre resultaba imposible. De todo esto se fue dando cuenta con el pasar de los días y las largas pláticas que sostenían cada vez que Nieves, fingiendo un desinterés que estaba muy lejos de sentir, se ofrecía a darse una vuelta por el negocio, para comparar tal o cual precio o incluso comprar el jamón que también ellas vendían pero se olvidaba de llevar a casa. Parecía, de manera casi imperceptible, que iba variando su interés. Y no es que no siguiera arraigado en ella el deseo de marcharse y volver a su tierra, sólo que ahora ese llamado resultaba menos perentorio, como si otra voz se colocara por encima volviéndolo un susurro difícil de escuchar.

Así, una mañana, mientras intentaba una y otra vez embobinar los carretes de la máquina sin conseguirlo y arremetían contra ellas oleadas de inquietud, Nieves se encontró con que tenía los deseos trastocados y un cuerpo vuelto confusión. Quizá eso forma parte del amor. Instantes de la vida en los que emergen un aluvión de algas y conchas de nuestro abismo interior.

A Lucía, por su parte, se le fue acomodando la tranquilidad en el cuerpo. Su andar retomó el ritmo rotundo de otros tiempos y sonreía con picardía cada vez que pasaba cerca de aquel local dónde muy probablemente su hija no tardaría en aparecer. Sólo, en algunas ocasiones, por un instante se le oscureció la mirada, pero le era suficiente parpadear para alejar la sombra de la desconfianza. En una madre, lo normal es desconfiar.

Por si esto o por si aquello, ella seguía guardando cada peso que sobraba. "Hala, a la hucha; venga, por lo que pueda pasar". Y por cada tanto que metía esbozaba una sonrisa, como si presintiera que ese dinero no saldría volando hacia otros lares, que lo vería convertido en flores, música y vestidos; y pensar en eso siempre era mejor que hacerlo en adioses, pérdidas y despedidas. Ya habría tiempo de morir y decidir en dónde hacerlo, "Vamos, cómo si la vida no se encargara por si sola de ponerla a una en su lugar".

No sé cuántas noches pasó Nieves sin dormir. Noches de horas suspendidas, siendo una y todas la misma. En un páramo oscuro. Hora tras hora, silencio tras silencio. Con la piel y las entrañas escarchadas. En busca de una respuesta, una revelación, algún indicio. Durante el día, sentada frente a la *Singer* devanaba los pensamientos y zurcía y, como si tuviera entre sus manos una flor cualquiera en vez de tela, los lanzaba al aire como si de pétalos se tratara: me voy no me caso no me voy me caso —unos ojos que la miran— me caso; no me caso sí me voy no me voy sí me voy no me voy — el llamado de una tierra; sí me voy —los suspiros, otra piel— no me voy sí me caso —la querencia— me voy no me voy me — plegarias de otros tiempos— sí me voy no hay que pensar sí me voy —una familia, la velocidad de los latidos— sí me caso no me caso no me voy sí...

Dale y dale mil vueltas a la cabeza. Desde dónde se toma una decisión. De dónde surgen las voces que escuchamos. Son ecos, quizá, de íntimos deseos al borde del quebranto. Y la voluntad se suspende y el libre albedrío resulta una ilusión. Elegimos así desde lo más recóndito de nuestro ser. Como si lleváramos dentro una suerte de preferencias y desdenes.

Y Nieves se casó. Fue una boda sencilla en la Parroquia de la Candelaria, en Tacubaya, a unos pasos de su casa. Llevaba un vestido blanco, corte princesa y no demasiado velo, que le hizo la madre de su primo Rodrigo. Estaba con ella la familia que la había acogido en México desde su llegada: sus abuelos, ya muy mayores, los hermanos de su padre, algunos amigos y, muy cerca, vestidas de negro y con mantillas, su madre y su hermana. A un lado, estuvo también la poca familia que tenía Julián en el país: un hermano de su madre y sus tres primos. El resto de los familiares, tanto de ella como de él, les mandaron por el aire bendiciones vueltas letras, muchas de ellas ya ilegibles de tantas veces que pasaron las manos y los ojos de ambos sobre ellas.

Es probable que durante la misa, al menos por un segundo, tal vez justo antes del "sí, acepto", Nieves evocara otros deseos y le vinieran a la mente como ráfaga de lluvia, los rostros de su infancia, pero ahora diluidos y desdibujados por otra emoción. O quizá no.

Lucía estaba contenta. Veía a su hija ilusionada y satisfecha. Lejos se fueron los fantasmas o, al menos, quiso creerlo así, porque siempre pensó que "las cosas son como son" y no gustaba de ir más allá y preguntar por su misterio.

Y las cosas iban bien durante aquel tiempo. En un par de meses Nieves quedó embarazada. Tenía ya treinta y tres años y no era cuestión de esperar más. Planeaba tener pronto una familia, pequeña, no más de dos hijos, pero cercana. Próximos los unos de los otros. Sin pérdidas y sin adioses. Y lo deseó con toda su fuerza, y durante las madrugadas calmas se volvía anhelo y vehemencia, tratando de alejar el mal fario que, en ocasiones, sentía que la rodeaba. Sin embargo, a pesar de ella misma, hubo noches de dudas y de hubieras en las cuales, aún sin saberlo, se hacía uno con el poeta.

Si a cierta altura
Hubiese girado para la izquierda en vez de para la derecha;
Si a cierta altura
Hubiese dicho sí en vez de no, o no en vez de sí (...)
Si todo eso hubiese sido así,
Sería otro hoy; y tal vez el universo entero
Sería insensiblemente llevado a ser otro también.
Pero no doblé hacia el lado irreparablemente perdido, (...)
Pero sólo ahora lo que nunca fue, ni será para atrás, me duele.

Es casi la media noche. Julián hace rato ya que se ha ido a dormir. Lucía acomoda los últimos trastes en la pileta. Nieves está inclinada aún sobre la mesa de la costura; mira el reloj; sabe lo que su madre vendrá a decirle a continuación, pero no puede parar ahora, no sin antes terminar de marcar la tela que tiene entre las manos. Los días se acortan y a ella todavía le faltan varios vestidos por entregar. Le duele la cintura y los pies lanzan quejas inútiles al aire. Después de un rato decide detenerse. Estira la espalda y contenta posa las manos sobre su vientre. "Sí, sí, lo sé, es hora de irse a descansar; tú también has de necesitar que tu madre se quede quieta un rato, aunque estés ahí tan bien guardadito, eh" murmura para sí. Escucha el silencio de su alrededor. Se quita las gafas, cierra por un momento los ojos y frente a ella desfilan el sosiego y la satisfacción de los últimos meses. Al abrirlos, se atraviesa frente a ella una sombra de intranquilidad que rápidamente atribuye a las muchas horas de jornada, aunque... "Eso debe ser, no tendría que trabajar tanto...Sí, vaya, estará nervioso. Yo también lo estoy; estamos a nada de que nazca... Que nazca bien, Dios mío por favor... Padre nuestro que estás en los cielos... vamos, que podría ser en cualquier momento... Santificado sea... aún así, tanto entrar y salir me pone negra... Hágase tu voluntad... Jolín, si la que va a parir a la criatura soy... que nazca completo y sano. Te lo pido... Además es que casi no para en casa... Anda, deja ya de pensar estupideces... así en la tierra... ¿Es que no podrás estar tranquila nunca?.. Y perdona nuestras ofensas... Tengo frío... Danos hoy el pan nuestro de... Estoy muerta... Si te estarás quieta. Para ya de moverte que le vas a despertar...Como nosotros perdonamos a los que nos ofenden... Duerme como un bendito, ¿lo ves? No nos dejes caer... Si sólo son figuraciones tuyas... tentación... Amén." Por fin se queda dormida.

Duele. Una contracción tras otra. Cada vez más fuerte. Tan sólo unos minutos de descanso y ahí viene de nuevo. Pareciera que nunca más va a dejar de doler. Los dolores se suceden, persisten, aún agazapados, pero siempre ahí.

"Puja, otra vez, puja, con más fuerza, vamos...que ya falta poco." Nieves está exhausta. Siente las gotas de sudor en la frente y el temor entelerido entre sus manos. "Vamos a tener que obligarle; este crío se resiste a salir... tú tranquila." Nieves tirita. Espera con angustia un llanto que pareciera no llegar nunca. El tiempo suspendido. Unos fórceps; en el centro del cráneo una herida. Nieves escucha las palabras del médico como salidas de la profundidad de un pozo: "es superficiaaal. Estará bieeen". Afuera, Julián se ha acabado las uñas de tanto mordérselas y observa el reloj a cada instante, como si tuviera prisa por marcharse. Lucía prefiere no mirar. Aguarda.

Hace apenas un par de semanas que han llegado a casa después del hospital y Nieves ya está sentada frente a la máquina de coser. Tiene los ojos tristes, pero pedalea con la furia de la determinación. De vez en vez se dirige hacia el moisés para comprobar que, al menos ahí, todo está bien. El niño duerme. Respira tratando de encontrar en el aire una respuesta. No entiende nada. Sólo nota a su alrededor el vacío. Julián no está. Hace unos días cogió precipitadamente una maleta, guardó en ella algo de su ropa, balbuceó una historia inconexa y sin saber cuál sería el destino de sus pasos, se marchó. Habló de deudas y tesoros, de engaños y fantasmas que sumieron a Nieves en el hueco conocido del abandono. Lucía se ha ido al trabajo. En la radio se escucha la canción del momento: "*Como te extraño mi amor qué voy a hacer, te extraño tanto que voy a enloqueceer... Hay amooor, diviino, pronto tienes que volveeeer a miii...*" Por las mejillas de Nieves ruedan dos lágrimas a pesar de sí mismas. Así de intempestiva llega a veces la desilusión. Llovizna.

Habían pasado tan sólo un par de meses desde que Julián se fuera como entre la bruma, dejando tras él un mundo borroso y absurdo y una densa nube de silencio. Sin embargo, después de unos días y una vez que las voces lanzadas a los cuatro vientos por Nieves maldiciendo a su suerte se acallaran, comenzaron a escucharse algunos ecos que indicaban el rumbo de sus pasos. Una llamada aquí, un rumor allá, la complicidad para la huida de uno de sus tíos y, al final, una confirmación: Julián se había ido a una ciudad del sureste del país. Ese fue su mejor escondrijo. La verdad sobre las razones de su partida se filtró entre las mentiras formando un sedimento de desconfianza; materia perfecta para la duda. A pesar de ello, Nieves creía que "no se echa una nueva vida por la borda así como así", por lo que sin pensarlo demasiado decidió, como en un acto de fe, irse tras él.

Dejó a sus espaldas la preocupación de una madre, la rabia e indignación de su hermana y el esfuerzo de muchos años de trabajo. Se llevó consigo un hijo, algunos ahorros, la *Singer* y una caja con hilos, agujas y esperanza.

Nadie sabe cuáles fueron las palabras que salieron a su encuentro, tampoco lo que ella vio en la mirada de Julián; o si fueron las manos las que hablaron y al contacto se resquebrajaron uno a uno los reproches. O quizá tan sólo la inundó el silencio y una muda y oscura resignación.

Lo que sí se sabe es que él había conseguido un trabajo precario como empleado en una tienda de la comarca, gracias al empeño de uno de los tíos de su mujer; que le debía dinero al dueño de *La Giralda* y con seguridad a varias personas más; que tenía la cabeza llena de historias inverosímiles y que sería posible que así fuera por el resto de sus días, porque "no hay vientos favorables para el que ignora a dónde va".

Nieves se puso entonces a trabajar. Como antaño; desde siempre. Y como la buena suerte sabe a veces cuándo aparecer, le puso en su camino a la hija y esposa del entonces gobernador del Estado y, por medio de ellas, a varias familias prominentes más. Así que Nieves cosió y cosió. Cosía hasta entrada la noche y cosía en cuanto entraba por sus ojos el amanecer. Cosía y acunaba. Cosía y mantenía unida a su familia. Cuánta ingenuidad cabe en el amor.

El calor pareciera derretirlo todo. Las paredes se ondulan; el piso se reblandece. Cada objeto va perdiendo su forma original. Afuera, el sol ha secado los caminos. Adentro, el aguacero es pertinaz; se escurre por cualquier sitio: por el cabello, la frente, la nuca, el corazón y la médula. Sólo los ojos permanecen impasibles, mimetizados con la calina del exterior. Nieves se acerca a la ventana abierta de par en par, siente el vaho que surge a lo lejos entre la quietud de la selva enmarañada. Cree adivinar el crujir de las ramas estrangulándose entre sí. La ausencia de viento acalla los sonidos. "Este bochorno es insoportable. Qué estoy haciendo aquí, Dios mío. Quién me habrá mandado a mí venir, quién. Si está bien visto que no escarmientas". Se lleva la mano cerca del pecho, nota la humedad entre los dedos, se acerca a la cuna, toma a su hijo entre los brazos y siente cómo, poco a poco, se evapora la soledad.

Pasó un mes, PASARON DOS y DIEZ. Pasaron nubes, tormentas, chaparrones y soles incendiarios. Pasaron lunas; crecieron y menguaron. Se acumularon los días, las primeras sonrisas, los balbuceos y también algunas huellas del hastío.

Aquella era una ciudad sin prisa, de ruidos contenidos. Calma que agobia y exaspera. Donde aún así la vida transcurre. Y entonces, en una mañana cualquiera de abril, Nieves se levantó con una certeza distinta en el cuerpo y la alegría mezclándose con las notas frutales del café. Estaba preñada de nuevo.

Y entonces... comenzó a extrañar.

Pasaron seis meses más. Acumuló kilos, antojos, suspicacias, anhelos, sospechas y miedos. También una buena cantidad de resolución.

Y entonces... en otra noche cualquiera ya no de abril, mientras le servía la merienda a Julián, le dijo, como si no importara, así sin más: "me vuelvo a México a tener a mi hijo. Tú, si quieres, te puedes quedar".

Y Julián se quedó.

Nieves regresó a la Ciudad de México a vivir, por el momento, de nuevo con su madre. Volvió con su hijo mayor ahora tomado con firmeza de la mano, la *Singer* y los hilos, agujas y esperanza. Sólo que esta vez la esperanza era otra y tenía distinta cara.

"¡Pero hija, que pronto has llegao. No te esperaba tan temprano!", le dijo Lucía a Nieves en el instante mismo en que le abría franca la puerta. "A ver que te ayude".

Eran las primeras horas de la mañana. Lucía llevaba encima todavía la bata y las zapatillas de andar por casa que acostumbraba usar hasta el último minuto, antes de cambiarse y salir a la calle, y se ponía de nuevo en cuanto volvía a entrar. Batas abotonadas al frente, con un par de bolsillos a los lados y flores menudas que le alegraban la figura y se volverían costumbre hasta el fin de sus días.

Nieves dio unos pasos y entró. Los aromas recordados se le incrustaron en la mirada. Un largo suspiro de alivio amargo se quedó suspendido en el centro de la sala.

"Pero a ver, ¿cómo es que te has venido tú sola? ¿dónde has dejado al marido?"

"¡Uy, que crío tan majo, madre mía!"

"Sola no, madre".

"Sola... no", alcanzó a oír Lucía mientras caminaba hacia la cocina. "Vamos, anda. Tú ahora lo que tienes que hacer es comer bien y darle algo de desayunar a este niño. Venir los dos para acá que ya está listo todo. Sentaros de una buena vez", resopló en voz bien alta, mientras subía el volumen de la radio y sintonizaba la radionovela que tanto le gustaba escuchar.

AQUEL INVIERNO SE PRESTABA al recuento. 1968 había sido un año especialmente convulso. En el mundo se alzaban los ecos de las luchas sociales surgidas tras el periodo de bonanza económica de la posguerra. En México, se hacían evidentes la represión, las matanzas y el silencio. Un número indeterminado de estudiantes muertos. Diez días después, el presidente en turno inauguraba "Las Olimpiadas de la Paz", mientras un papalote de color negro en forma de paloma flota en señal de repudio.

Las palabras retumban dentro y fuera...No se olvida... no se olvida. Las palabras vueltas piedra, puñal y bala. Los mismos deseos. ¡Son tantas las cosas imposibles de olvidar!

Lucía echa cuentas. "¡Madre mía, veintiséis años ya. Sí que ha pasado el tiempo! Quién me lo iba a decir a mí. Y mírame, aquí estoy todavía. Con dos hijas y cuatro nietos. Los cuatro mexicanos. ¡Hay que ver lo que es la vida! Lo que ha tenido una que pasar. Y ahora lo de Nieves. Si que tiene la cosa perendengues. Mira que presentarse así en el hospital el muy méndigo; sin avisar, ni na de na, justo el día en que nace el crío. Y yo en la tienda despachando bacalao. Si no es por Paz, la vecina, no hay quien se la lleve al sanatorio. Siempre sola, me ha dicho nada más verme. Como siempre. Si no hay quién entienda" Lucía se pone de pie. Está cansada. Apaga la radio y despacio se va a la cama. "No sé de dónde me habrá venido ahora a mí esta manía de hablar con las paredes", murmura justo antes de dormir.

Se acerca la Noche Vieja, faltan unas cuantas horas y el trajín en la cocina no cesa, en esta ocasión, como en casi todas las otras, son las mujeres de la familia las que se afanan, las que saben que de sus manos surgirá la tradición y se propiciarán los reencuentros, la reconciliación. El espíritu que con su soplo ha ido sanando las heridas. Es una tradición renovada, una vía de acceso a la verdad de los hombres y su lazo con la creación. La manifestación de una realidad interior desenmascarándose a través de sus múltiples formas.

No faltarán en la mesa los embutidos: el jamón serrano, el lomo, el chorizo; los quesos, langostinos y el resto de los mariscos, tampoco el bacalao a la vizcaína y el cochinillo, precedidos por el consomé de pularda y el vino tinto, por supuesto; de postre: los turrones, las figuras de mazapán, frutos secos y los almendrados; para brindar, el cava; y al llegar las doce campanadas, las doce uvas que acompañan los deseos. La música surgirá de la gaita, el pandero y la zambomba, no importa a qué región de España pertenezcas, y se entonarán canciones populares y villancicos al ritmo de los recuerdos.

♫*A mí me gusta el pimpiririmpimpim. De la bota empinar pararampampam. Con el pimpiririmpimpim, con el pampararampampam.* ♫*El que no beba vino será un animal,* ♪*Será un animal*♫

♫*Ale ale aleeee La Marimorena Ale ale aleee ques la Nochebuena.* ♪*Esta noche es Nochebuena y mañana es Navidaad;* ♪*saca la bota María que me voy a emborrachaar*♫

Pasaron las festividades y el jaleo. La calma aparente se acomodó de nuevo entre muro y muro. Había que dejar hacer a la rutina su tarea: ir acomodando a cada cosa en su lugar.

Nieves había aceptado, no sin desconfianza, la fugaz visita de su marido. Había bautizado al niño, consentido a un desconocido, amigo de él, por padrino, fraguado la posibilidad de otra vez la vida juntos y, finalmente, un nuevo adiós. Todo ello en cuestión de días, de horas inciertas y abatidas.

Mientras tanto, Lucía guisaba muy de mañana; llenaba aquél departamento de efluvios y reminiscencias que, sin quererlo, evocaban un hogar. Entraba y salía. Ocupada siempre entre la compra y la venta de existencias, atendía a las marchantas españolas y mexicanas, se hacía de nuevas palabras que la unían a los dos mundos, recomendaba productos, daba recetas y trataba de que las ideas no se detuvieran frente a ella mucho tiempo. Cada una sabía por lo que tenía que pasar.

Cuando por fin Nieves dejó de darle vueltas a la cabeza, cuando el recuerdo del calor de aquella selva indómita y del chirriar de las cigarras se convirtieron en nostalgia, cuando sintió que el cuerpo se le volvía deseo, sólo entonces, tomó la decisión de volver.

Pero entonces, una noche de aquellas próxima a su partida, al levantar el auricular del teléfono escuchó una voz como salida de entre la enramada y le advirtió: "A tu casa entra con tu marido todas las noches otra mujer". La selva se tornó en aquel momento, paraje de piedra.

Y las lágrimas que nunca se lloraron se volvieron decisiones precipitándose en tropel. "Seguiría trabajando como una negra. Que para eso tenía manos"; "que a sus hijos ya los sacaría ella adelante. Que para eso no le hacía falta nadie"; "que se quedaba en la ciudad, pero ya era hora de marcharse de la casa de su madre"; y que, "no iba a ser ésta la primera vez que se quedara sola. Si lo sabría ella bien. Si no había hecho en su vida más que ir dejando cosas detrás. Ésta sería una más y ya está. ¡Total! más se perdió en la guerra y aquí estamos".

Nunca quiso averiguar si lo que escuchó en esa noche fue verdad o no, simplemente no iba a permitir que la duda le carcomiera las entrañas, así que a partir de ese día, cada puntada y cada corte, cada botón y cada ojal llevaban, en el remate, el nombre de sus hijos y nada más. Las sombras y las sospechas emponzoñan el alma y ella no tenía tiempo para perder en esas cosas. Que se ocuparan otros de cargar el alma negra, a ver si sabían qué hacer con ella. Sin embargo, también desde entonces, la voz se le volvió más aguda, como si tuviera siempre encarcelado un grito en la garganta, y sus ojos, verde triste, se debilitaron más, como si con perder la fuerza pudieran evitar leer el porvenir.

En cuanto PUDO, ALQUILÓ un pequeño departamento. Cómodo, austero, pero suficiente; el mobiliario escaso; al principio tan sólo un par de camas, una cuna, la mesa de la costura y la máquina de coser; más adelante, la cómoda, la mesa del comedor y las sillas. Así, poco a poco se fue poblando el entorno. Nieves había conseguido recuperar la clientela, una relación cercana con su hermana y sus sobrinos y una precaria tranquilidad. Los meses habían transcurrido entre sus manos. La vida ordenándose tras el caos.

Aquel domingo, un domingo más, Nieves se levantó temprano, pero no sin antes dejar que la pereza se desplazara por el cuerpo y la recorriera toda por más tiempo del acostumbrado. Había decidido que sería un día acompasado y se abrazó a él. Arregló a los niños, limpió un poco aquí y recogió allá. Era fácil dejar que su nuevo hogar luciera como "tacita de plata". Cuando estuvo lista, miró el reloj y se dio cuenta de que apurando un poco el paso, aún llegaría a tiempo a la misa de doce.

Escuchó la ceremonia con devoción, tratando de entender con claridad la sentencia divina. Repitió los rezos concentrada en cada palabra con esa fe que desde muy niña le habían enseñado a profesar. Ya cerca del final, justo en el momento de la paz, no pudo dejar de pensar por un instante en las diferencias que, incluso en eso, guardaba con su madre. Si a Lucía la rondaban las dudas, ella estaba cargada de certezas. No era fácil alcanzar la paz.

Al salir sintió los vientos locos del mes de marzo enredándose en sus pies. Creyó que pronto llegaría la primavera. Apuró el paso, buscó un taxi y se fue a la casa de su hermana. Jimena la recibió contenta. Le gustaba verla y acompañarla, ver crecer juntos a los hijos de ambas. Para Jimena, vivir, a pesar de todo, había sido menos complicado y sus decisiones, tomadas desde algún confín, resultaban más certeras. A su alrededor no había misas, ni rezos, ni dioses categóricos, pero quizá otros hados la habían acogido bajo su manto y ella, en la medida de lo posible, intentaba también cobijar a su hermana con él y ayudarla a sortear el vendaval, aún a sabiendas de la imposibilidad.

La tarde transcurrió con calma. Parecía que el viento, en aquellas horas, había dejado de soplar. Sin embargo, al llegar Nieves a su casa, justo frente a la puerta del edificio, una ráfaga la golpeó en pleno rostro y le llenó de tierra la mirada. Ahí estaba él, Julián, tan quitado de la pena, fresco como una lechuga, con la sonrisa incrustada en la cara y la maleta en la mano. "He vuelto, mujer. ¿Qué pasa? ¿No te da gusto?" Hay vidas que son remolino y vértigo.

No sé si a Nieves le dio gusto o no, quizá ella tampoco lo sabía. Quizá en ese instante el horizonte se tornó negro y nublado y al intentar abrir la boca su mente se llenó de oscuridad. Acaso lo único que sintió fueron ganas de esconderse, de confundir su sombra con las sombras, pero supo que le era imposible y que lo que necesitaba era claridad.

Volvió los ojos hacia el cielo y no entendió; buscó dentro de sí y se le entreveraron las voces, los ecos de cientos de palabras otrora repetidas: la mujersedebealmarido... me casonomecaso... essupadre, soysuesposa... mecaso... esleydeDios... entucasaentraotra... recuerdaqueeslamodelacasa... pormishijos... sefuesinmás... quesevaya... mecasé... nocuestionessujuicioointegridad... entraotra... porlamadre... porelhijo... porunaEspañamejor... unafamilia... ayúdameSeñor... mifamilia... porellos... Y las voces se deslizaron en silencio y se volvieron látigo transparente que acicatearon aún más al ritmo desacompasado de su corazón.

Así fue como Julián se quedó. Sin cuestionamientos, sin condiciones. Se quedó y Nieves continuó pegada a la Singer haciendo ojales para que entrara por ellos un mañana y poderlo abotonar, cosiendo con doble puntada cada aurora y cada anochecer. Se quedó y sus hijos crecieron con una imagen, ahora no sé si clara, de él.

Lucía, por su parte, se ponía "negra" viendo a su hija "trabajar como un burro" para sacar adelante al "holgazán de su marido". Era cierto que Julián le caía bien, que tenía buena traza y que hasta simpático le parecía, pero "había que ver qué clase de bicho había resultado", siempre metido en líos e historias raras. Lo mejor era no meterse, que se las arreglaran como pudieran, que así se las habían arreglado todos, cada uno con lo que tenía. La vida es como la memoria, siempre imprecisa.

Conforme pasaron los días se fue asentando la calma. Nieves madrugaba, arreglaba su casa, guisaba desde temprano, se encargaba de los niños y se ponía a coser. Julián no madrugaba tanto, rondaba entre las cuatro paredes del departamento, leía el periódico, buscaba algún empleo y se salía por ahí. Meses después, Nieves le consiguió, por medio de una de sus clientas —cuyo esposo era el Director del Banco Cinematográfico en aquella época— un empleo a Julián. A partir de entonces, sería el administrador de algún cine de la ciudad. Para él resultó el cargo perfecto. Empezaba a trabajar cerca del medio día, terminaba después de las diez o las once la jornada, recibía un sueldo fijo y buenas comisiones por las ventas de dulcería y podía recibir a cuanto amigo lo fuera a visitar para ver o no, alguna de las películas del momento. Tenía la libertad suficiente para seguir llenándose la cabeza de fantasías, triquiñuelas y negocios formidables por doquier.

Muy al principio, se cuidó muy bien las espaldas. Nada de huidas, de préstamos o deudas. Nada de amistades insidiosas o fantasmas de mujer. Y Nieves respiró por fin, por algún tiempo, tranquila. Las dos, las tres y todo sereno.

Noche tras noche, silencio tras silencio. Y tal vez, tan sólo tal vez, alguna de esas noches de soledad profunda, dejara a un lado la labor y con sigilo espiara el sueño de sus hijos y reconociera el privilegio, pudiendo entonces ver cómo, desde otra oscuridad, los ojos de otra madre sortean el vacío; y se sintió como otras, como tantas, como casi todas, como cada una en su propia oscuridad, un hilo de frío recorriéndole la espalda. Y volteó la mirada hacia el infinito y sin quererlo se le volvió agua.

De nuevo España resurge,

es tan alto y tan grande su honor

que en el hombre es un timbre de gloria

el nacer y sentirse español

Libertad de este pueblo

que abre de nuevo

rumbos de vida, vida mejor

que da por ley el trabajo,

la igualdad, la justicia y honor

Cada lunes, cada fecha importante que celebrar, los hijos de Jimena y Nieves, junto con cientos de otros niños, iniciaban el día escolar entonando el himno adoptado por la República y el himno Nacional Mexicano, al mismo tiempo que veían desfilar y rendían honores a las dos banderas, la española republicana y la de México. Los maestros, el personal de la escuela, los padres y los abuelos hablaban el mismo idioma y las palabras tenían el mismo significado. Durante mucho tiempo, diferenciar los dos mundos era innecesario. Se movían en una única realidad, con un pasado y una historia común. Los acentos que los envolvían eran iguales para todos y las diferencias del mundo exterior eran poco perceptibles.

Mientras, Lucía los veía crecer, notaba en sus nietos los años transcurridos. Qué lejos estaba de lo que alguna vez en la vida imaginó. "Quién me iba a decir a mí que con casi setenta años y después de tanta hambre y de la guerra y de todo ese jaleo y lo que hemos tenido que pasar, seguimos aquí en este mundo y tan lejos de lo que fue". Quién. Detrás de las palabras se escondían el estupor, el orgullo y la añoranza. Tanto tiempo, tantos pasos tratando siempre de no mirar atrás, de tirar las dudas a un lado en cuanto éstas osaban establecerse en la mirada, porque "lo que está escrito, está escrito y ya está". Y así caminó, siendo ella misma, sin reparo ni grandes titubeos.

Y así fue y volvió varias veces de su tierra, cada vez más firme después de reconocerse y extrañarse; emocionada por ver a sus hermanos, contenta al llegar y deseosa pronto de volver; notando las diferencias; sabiendo que allí sólo estaría de paso, y con la claridad interna del que intuye que al pasado no hay cómo restaurarlo y lo único que se puede hacer es intentar reintegrar lo roto, lo resquebrajado.

Cuando aquella noche Lucía se vio las manos, por un momento las desconoció. Seguían siendo grandes, recias, acostumbradas a mandar, pero la vejez se les había ido acomodando entre los dedos. Esa vejez que todo lo desfigura, hasta la manera de mirar. Hacía mucho que no llevaba anillo alguno y ahora, en cada nudillo, en cada coyuntura se asomaba la deformación. También la sorprendió el tapete de manchas cafés que se extendía sobre ellas. Entonces se supo vieja. Pensó en tantos días y tantas noches que se fueron sin ser advertidas, así, como se nos pasan largos trechos de la vida. Casi al mismo tiempo, se le clavó el dolor en el centro del cuerpo, justo en el centro. O ¿el dolor fue primero? Se acostó. No pudo soñar. La marcha lenta de las horas arrastraba junto a ella, como sombras de la luna, las esquirlas de los recuerdos fragmentados y un nuevo miedo.

Amanece. Los fantasmas comienzan a desdibujar la silueta conforme la luz del día avanza. Es como si nada hubiera ocurrido, como una mañana más. Sin embargo, no es así. Lucía se siente amedrentada por los años y mientras la tarde declina comienza a pensar en dónde estarán sus pasos al otro día y al otro más. El dolor se repite tarde a tarde. El temor, también.

Le GUSTARÍA AHUYENTAR LOS MIEDOS, borrarlos de un manotazo, sin embargo, la luz dura y blanca del hospital se lo impide. Los pensamientos son obstinados y llenan las cosas de sombras, como proyecciones de un espectro. Son miedos difusos, dispersos, sin vínculos, sin hogar, que la rondan sin ton ni son en una sucesión constante aunque azarosa. Reflejos de la incertidumbre. No cabe duda, los años acumulan fragilidad.

Lucía lleva ya varios días internada en el Sanatorio Español en uno de los cuartos destinados a la beneficencia. La habitación no es muy grande, pero caben en ella cuatro camas y cuatro sillones pequeños dispuestos para el reposo de los acompañantes. Las tres camas que restan son ocupadas por mujeres similares a ella. Alguna, ya sólo está a la espera de la penumbra y con sus ojos recorre angustias de antaño. Lucía cierra los suyos y evita mirarse en ese espejo, prefiere pensarlo distante y ajeno. ¡Si tan sólo pudiera reconocer de dónde proviene ese dolor!

AFUERA, a NIEVES SE LE MEZCLAN el desasosiego, la culpa y el rencor por la traición. Odios ciegos corriendo por sus venas.

Días.

Noches.

Silencio

—¿Morirá?

—Se curará, ya verás.

Silencio.

—Anda, ve con ella. Entra de una vez.

—No, aún no.

Otra oscuridad.

—No tendría que haberme dejado.

—...

—¡Dichosa guerra!

—¡...fue hace tanto!

—No tendría que haberme dejado.

Silencio.

Uno va POR AHÍ CONSTRUYENDO sus historias y creyéndoselas durante años, como si con esto dejara de romperse el corazón y luego, ¡zas!, basta un miedo o cualquier cosa y las desmorona por completo.

Aún era de noche. Entreabrió los ojos. Le hubiera gustado estar más despierta, pero el letargo la mantuvo atada al sillón. Notó apenas la silueta blanca de la enfermera. Hasta ella llegó algún gemido cansado y lento. De pronto sintió unas irremediables ganas de toser. Sí, tosía y sudaba. Como antaño. Inhaló. La hirió un olor a heno y a campo de verano, a cataplasma de hierbas que crecía y disminuía como un suspiro. Un olor que le provocaba ganas de llorar. Se llevó la mano al pecho. Se la vio pequeña, como de niña. A lo lejos le pareció escuchar el silbido de un tren. Su madre, aún joven y fuerte, estaba de pie en el andén, rodeada por decenas de personas; Rodrigo, su primo, se abrazaba con firmeza a ella. Los reconoce al instante. Quiso de nuevo abrir los ojos; se revolvió inquieta, al igual que los pensamientos. Debí ser yo, murmuró sin darse cuenta. Tosió de nuevo. Recordó el estertor, ese sonido ronco que le brotaba del pecho; como el del tren a punto de partir. Ya todos están en él, lo sabe: Jimena en los brazos de su padre, los abuelos buscando un acomodo. Sólo falta Lucía, que se queda como clavada en el piso. Una mujer vestida de miliciana se acerca. Se mueve con prisa, pero con sigilo. "Vamos Lucía, déjamele. Que le doy un beso". Es la madre de Rodrigo. Hay alrededor un gran revuelo: ojos que se despiden, brazos entrelazados que se resisten a partir, rostros, piernas, hombros y corazones heridos. Labios que se vuelven silencio. Lucía mira como queriendo escrutar el horizonte, como tratando de encontrar un no sé qué. Entonces, Nieves se aparece niña en medio de los campos, lejana, muy lejana. Nieves niña estira el brazo, tiende la mano. "Déjamele, por favor", vuelve a escucharse. Los brazos de Lucía se abren, suelta a Rodrigo, se lo deja ir. Ambos, madre e hijo, tomados con fuerza de la mano se pierden entre la multitud. Lucía da media vuelta y sube al tren con los brazos vacíos. Un par de lágrimas corren libres y exhaustas. Cuando Nieves abre los ojos, la luz del alba trata de colarse por las persianas sin conseguirlo. Mira a su madre aún dormida sobre aquella cama estrecha del hospital. Se acerca a ella mientras se seca las dos gotas que huyen furiosas por sus mejillas.

Lucía salió del hospital con el organismo lacerado y la certidumbre de que nada volvería a ser igual. No se equivocó. El cuerpo se le volvió memoria y se sumaron en él todos los años, los buenos y los malos. Añadió éste al recuento de las pérdidas. Se descubrió cansada y con lento andar. Jimena fue quien tomó las decisiones. "Madre, se vende el changarro y te vienes a vivir a casa." Lucía, la dejó hacer. Sabía que estaría mejor ahí que en ningún otro sitio, que había llegado el tiempo de descansar. Un gris sereno se le instaló en la mirada. A partir de entonces otro fue el fluir del tiempo. Otra, la evocación de los recuerdos.

México a 30 de julio de 1974

Queridos todos ¿como estais? Nosotros todos bien, gracias. Os mando estas letras para contaros que hace unos días me e mudado a casa de Jimena. E tenido que pasar unos días en el sanatorio pues no me encontraba nada bien, con un dolor en el vientre que no se de donde a salido, parece que no a sido nada serio, una ulcera que se a reventao o no se. Las chicas se han puesto a hablar y al salir me han dicho que no querían que viviera mas tiempo sola. No os emos dicho nada antes para que no os alarmarais. Ahora ya estoy mejor, también emos vendido la tienda. Se la a quedado la Pepa, asi que ahora estoy todo el dia por casa alludando en lo que puedo. Acompaño a Jimena a la compra y luego me meto a la cocina, mi mero mole como dicen aquí. Me a arreglado un cuartito con tele visión y baño para mi sola, A quedao la mar de mono. Ahora que me encuentre del todo bien vere si me puedo marchar algunos días andando hasta la

casa de Nieves, a la vuelta me recoge-
rá Jimena y así acompaño también un
poco a la otra, que con ese par de fieras,
tanto trabajo y el aquel que tiene no se
como no se a vuelto loca. Y los ojos cada
vez los tiene peor. Tiene unos nervios
que para que. Ya sabeis que Julian no
ayuda mucho que digamos.

Ya veis, quien me iba a decir a mi
que a mis años iba a estar como estoy
ahora, instalada como una reina.

A ver si ahora que estoy mas tranquila os animais alguno a venir, para
poder veros, pues yo cada dia estoy mas
mayor y no se si podre volver por allí
algún dia. Me parece a mi que no. Me
daría mucho gusto verles.

¿Y tu Manoli que me cuentas, como
esta todo por allí? ¿Y Begoña? ¿Y
Elias y Salvador? ¿Y los chicos? Escribir pronto. No olvidéis que teneis
que hacerlo a casa de Jimena. Ahora ya
lo sabeis.

Besos y abrazos de vuestra hermana.
Lucía

Días que se tiñen de tranquilidad.

Para Nieves, el diario vivir se había convertido en un tener que resistir eterno, acompasado por el pedaleo encorvado en la máquina de coser. La rabia, la desesperación, la calma; la tristeza, la frustración o el consuelo reposaban ahí, contenidos en cada puño, manga o hilván.

Estaba cansada. Se miró las manos: blancas, los dedos largos, casi transparentes. Hizo la costura a un lado. De haber sido otro su destino, quizá hubiese tocado el piano. Se talló los ojos. Escuchó el silencio. Y éste se pobló de ecos.

Julián llevaba unos días fuera de casa. Se había marchado de nuevo en busca de sus fantasmas. En una cueva, en una mina, en el claro de algún bosque aparecería aquél que le indicara dónde encontrar el tesoro. Dónde encontrar la riqueza que siempre estuvo fuera de él. Se enfrascaba en negocios que pensó millonarios o en transacciones fraudulentas de poca monta. Siempre con la imaginación desbordada. Siempre alejado de la realidad.

"En cuanto vuelva, si es que vuelve, me marcho, al menos un mes, con los chicos a España, ya es hora qué conozcan de dónde vienen. Para algo he trabajado como un burro. Y si quiere él venir que venga y si no, que se quede, que haga lo que le dé la gana". Y con este pensamiento en los labios, el corazón mudo y los ecos en la mente, se acostó.

Para aquel viaje Nieves empacó lo imprescindible: un par de mudas, un toque de nostalgia, zapatillas cómodas, entusiasmo y una buena dosis de emoción. En el aeropuerto de Madrid ya los esperaban con curiosidad y cariño.

Habían pasado muchos años desde la última vez que ella estuviera por allá y decidiera quedarse definitivamente, para después cambiar de opinión. Hoy volvía con dos hijos, una intención distinta.

Recorrieron de arriba abajo la Gran Vía, la Plaza de España, el parque de El Retiro, los callejones de su niñez. Ahora ya con las fachadas reconstruidas, el turismo floreciente y la historia sepultada. Retomó y compartió los aromas, comparó el sabor, contrastó colores. Notó como las palabras y los tonos se mezclaban. Y los sentimientos perdieron su definición.

Una noche, mientras intentaba sacarse de encima el calor estático del verano español, en el interior de sus ojos comenzó a notar destellos de luz. Los cerró. Al abrirlos de nuevo, intentó dispersar las moscas volantes que la rodeaban. Una sensación de cortina oscura llenó de sombras su campo visual. Se le desgarró la retina y otro fragmento de la vida. La suerte astillándose una vez más.

La operación fue delicada y, en apariencia, exitosa. Con calma podría recuperar la visión del ojo herido, aunque nunca volvería a ser igual. Y justo el día siguiente, mientras la enfermera le aplicaba el antibiótico, Nieves conmocionó. Es como nacer con la estrella quebrada y nunca ver alejarse al infortunio. En su delirio, sólo repetía una y otra vez: "manden a mis hijos con mi hermana a México; mándenmelos a México con Jimena. Que no se queden aquí." Y es entonces cuando ya no existe confusión.

Los niños no volvieron en ese momento. Se quedarían en Madrid esperando a que su madre se recobrara. El peligro había pasado y sería bueno para ella saberlos cerca. Lo que necesitaba ahora era reposo y tranquilidad. La familia podría ocuparse de ellos mientras tanto.

"Tía, me das mis playeras, por favor", dijo uno. Al instante apareció la tía con las primeras sandalias para baño que se encontró. "No, esas no son" "¿Y mis tenis?", dijo el otro "¡Pero si vosotros no habéis traído nada para el tenis!, pero a ver, aquí las tenéis". Les dijo, mientras les mostraba las raquetas para jugar. Los dos se miraron y se echaron a reír. "Si, reíros todo lo que queráis. Que me vais a volver loca. A vosotros no hay quien os entienda. Buscar lo que necesitáis. ¡Hala! He dejado todo en el armario de la entrada. A ver si vuestra madre se pone buena de una vez y nos aclaramos todos."

Así fueron pasando los días mientras Nieves se recuperaba y salía del hospital. Los duraznos, no eran duraznos, sino melocotones; las toronjas, pomelos; los jugos, zumos; los camarones, langostinos; las coladeras, alcantarillas; las banquetas, aceras; los closets, armarios; las playeras eran niquis o polos. Al reloj no le faltaban minutos para alcanzar la horas, sino que a las horas se les restaban los minutos. Nada parecía llamarse o ser igual. Las palabras nombrando lo ausente y lo presente, conformando otra realidad.

Entre tanto, a Nieves se le aclaraban las certezas. La nostalgia que sentía por aquel país había dejado de roerle el corazón. Su lugar ahora estaba en otro suelo: en el de acogida, en el que habían nacido sus hijos y en el que con seguridad habría de morir. Desde allí seguiría rememorando. Llevaba en la piel el tronco nudoso y retorcido de la vid y el rumor del castaño y de los álamos, pero serían sólo recuerdos que poblaran los espacios y la ayudaran a envejecer. Pensó entonces en su madre.

Llegaron por fin a México. Estaban de nuevo en casa. Los niños con el mundo extendido. Nieves, borrosa y clara la mirada.

Retomó la costura no sin dificultad. Pasaron tres meses. Al ojo herido se le agolpaban las sombras. Los dedos cosían de memoria. Los atardeceres se poblaron de oscuridad y desesperación. "Algo no anda bien. Si lo sabré yo" escuchaba dentro de su cabeza, noche a noche, mientras dormía. Y tenía razón. De nuevo estaba la retina rota y la estrella de la fortuna más resquebrajada. Un remiendo más. Pareciera que la vida sólo fuera un eterno remendar. Como a una tela que se va desgastando con el tiempo. Así parecía ser la historia de Nieves. Siempre cosiendo aquí, para descubrir que se abría un agujero por allá, y de nuevo a zurcir. Como el cuento de nunca acabar: *este era un gato que tenía los pies de trapo y la cabeza al revés. ¿Quieres que te lo cuente otra vez? Que no se dice que no, se dice que sí. Este era un gato que tenía...*

Pero en aquel año, 1975, no serían esos los únicos ecos escuchados. En la cabeza y el corazón de miles de españoles, las detonaciones del pasado volverían a repetirse, como esa onda que se refleja en un cuerpo duro y regresa con retardo, como el rumor vago de un suceso que se recuerda débil y confuso. El General Francisco Franco, El Generalísimo, el Caudillo de España por la Gracia de Dios, después de cinco semanas de agonía y un solo colmillo en la boca, moría, física y políticamente, dejando tras de sí casi cuarenta años de dictadura y de incertidumbre sobre el futuro de España. Miles de españoles llevaron, entonces, la garganta anudada por "la angustia infinita de su orfandad..." mientras que a otros, el júbilo les estalló por todo el cuerpo. Contrastes de la historia.

"*España que perdimos, no nos pierdas/ Guárdanos en tu frente derrumbada,/ conserva a tu costado el lado vivo, de nuestra ausencia amarga/ que un día volveremos más veloces,/ sobre la densa y poderosa espalda/ de este mar, con los brazos ondeantes/ y el latido del mar en la garganta...*"

Muchos de los refugiados en otras tierras se aprestaron a regresar. Por fin se terminaba la añoranza que les llevó una vida. Y la empacaron toda. Recogieron sus bártulos, sus deseos y sus recuerdos congelados. Tantas eran las ganas por volver. Sin embargo sólo unos pocos se quedaron. Al llegar allí desconocieron sus calles, su gente, sus ciudades. Hasta su lengua era ya una lengua de ultramar. Entre los españoles de aquí y los de allá existía un abismo y, de algún modo, hubieron de reconocer, que la guerra les había partido la vida a los que se fueron y a los que se quedaron. Y se volvieron entonces con la nostalgia de otra España en el corazón.

En casa de Jimena las horas transcurren en paz. Ellas sabían ya dónde habrían de permanecer. Nieves, por su parte, cosía y recosía entrelazando sus afectos.

Pasaron días. Pasaron meses. Y ocurre que durante años nada ocurre... Más que la vida. Con sus minutos, con sus segundos repetidos. Uno tras otro, tras, otro, diez, tras, otro, tras, así, tras, tras, tras, cientos, tras, miles, tras...

Un mediodía cualquiera de cualquier día:

"...A ver si os estáis quietos de una buena vez... callaros un momento, leche, que no os entiendo nada... pero yo qué sé dónde la habéis puesto; la habréis aventado por allí. Si lo dejáis todo tirado por cualquier sitio; no hay más que ver que habitación tenéis. Hay que ir detrás de vosotros recogiendo todo el tiempo.... Pues ahora que venga vuestra madre de comprar las telas, se lo preguntáis a ella... Parad de pelear que os vais a lastimar, que estáis siempre a la greña... vamos Jesús, déjale, que es más pequeño que tú...Venga, mejor venir aquí y ayudarme con esto, que yo ya no veo bien. Vamos a hacer el pulpo, anda... que asco ni qué asco. Asco dan otras cosas y no me quejo. Venga, golpéale tú primero... deja ya, que va a tu hermano. Que te he dicho que ya. Mira que eres necio. Pues ahora le toca a Enrique meterle al agua y volverle a sacar... ¡Os vais a quemar!... ¡Uf! Quién me habrá dicho a mí... pues yo que sé porqué se hace así; así es y ya está, que si no se queda duro... Ya suéltale, que ya lo has sacado dos veces... sí, hombre, sí, tú lo dejas caer al agua al final,

¡cocinillas! Ya le habéis pegado, lo habéis asustado, ahora ya hay que dejarle cocer en paz. Para cuando llegue su madre ya estará listo. Ahora iros por ahí a jugar tranquilos. Ale, arreando, que es gerundio... Si se acabarán de una buena vez las dichosas vacaciones... ¿Pero ahora qué hacéis? ¿Otra vez estáis peleando? Si estáis todo el día a la greña; dale que te pego... Con razón tiene mi hija los nervios que tiene, madre mía, si con vosotros aquí es como para volverse loca... Enrique, ¿dónde está tú hermano?... Pero, ¿qué haces ahí trepado? Bájate de una buena vez, que te vas a caer. Que te quites de ese balcón te he dicho. ¡Uy!, que me pones mala, de verdad. Mira, que en cuanto llegue tu padre le voy a contar lo mal que os estáis portando. Bájate ya ¡joder! ¿Cómo que no? ¿Que te vas a tirar? ¿Tú estás loco o qué te pasa? Venga, a mí no me fastidies más. Déjate ya de tonterías. Y si te vas a tirar, tírate ya de una vez, porque estás que te tiras, que te tiras, y ni te tiras ni nada. Me tienes harta. ¡Uy!, lo que me haces decir... Menos mal que te has bajado, si no qué cuentas entrego yo a tu madre... Venga, bonitos, mejor veniros a comer... ¿Cómo que no? Pero si tenéis que comer... ¿cómo que no os gusta? Si ha quedado buenísimo... ¿Qué queréis entonces?... Hala, aquí tenéis el bocadillo. Para el jamón serrano y el chorizo, para eso sí que estáis buenos. Estáis de un consentido... Hambre. Hambre es lo que tendríais que tener. Como la que hemos pasado nosotros. Ya veríais, hasta piedras os comerías... lo que hay que ver... Que ganas tengo ya de irme a casa..."

Un día, y otro día, otro más, y, tras... tras, tras...

Cayó la noche. Como muchas noches. Enrique y Jesús por fin se habían dormido después de una tarde repetida como tantas otras: la comida, las tareas, las amenazas previas para que las hicieran, los gritos para que dejaran de pelear; el ruido de la televisión, la pelota golpeando las paredes, el sisco casi ininterrumpido de la máquina de coser; la lucha por el baño, la merienda y, al fin, el silencio.

Pero hay noches, como aquella noche, que con la penumbra y el silencio llega envuelto un presagio. Entonces, cierras los ojos. El miedo se sube a los párpados. Sobre la piel, el frío de lo incierto. Quieres abrirlos, pero sabes que al hacerlo, sólo encontrarás oscuridad.

Y Nieves se topó con ella de nuevo.

Hay destinos empeñados en torcerse.

En vano intentó alejar la cortina gris que le obstruía la mirada. Ahora el ojo izquierdo era el causante de su desesperación. "Otra vez no, por favor Señor, otra vez no. San José bendito, te lo ruego, te lo suplico.

Otra vez.

No"

La CIRUGÍA se PROGRAMÓ casi de inmediato. El riesgo de perder el ojo era grande. En el quirófano, la doctora Marmolejo contaba con todos los adelantos y la tecnología suficientes para que la operación resultara un éxito, y lo hubiera sido, de no ser por la intromisión del hado de la fatalidad y, al mismo tiempo, el de la fortuna.

En la sala de espera el reloj marcaba sin descanso los minutos: treinta... treinta y siete... cincuenta y dos... quince, veintitrés, cuarenta... De nuevo cinco... Los doctores se acercan a Jimena y a Julián con las manos entrelazadas y el rostro sin color. No han podido operar, balbucean. A consecuencia de la anestesia Nieves sufrió un paro cardiaco antes de empezar. La suerte quiso que un cardiólogo experimentado se encontrara con ellos en ese momento y la volviera a la vida. No saben aún cuánto tiempo pasó ni los posibles daños ocasionados.

"*San José, padre amantísimo, sé mi protector, mi abogado en la hora de mi muerte.* Pide al Señor por mí. *No me abandones ni de noche ni de día.* No me dejes ciega por favor Señor, sabes que preferiría morir. *Padre nuestro que estás en los cielos.* Qué hago yo ciega y con dos hijos. Te lo ruego, no lo permitas. Si ya me has dejado vivir hasta aquí *en este valle de lágrimas.* Por qué yo, señor. Por qué otra vez. *Dulce madre tu vista de mí no apartes.*

Tú que los tienes buenos y sanos. *Vuelve a mí tus ojos misericordiosos.* Ojos, ojos es lo que necesito. *Señor, ten piedad. Cristo ten piedad. Señor, ten piedad.* Todos. Piedad. Piedad a todos."

Y esa noche, como otras noches, como tantas noches, se recostó sumergida en la tiniebla y quizá, tan sólo quizá, sollozó en la soledad. O acaso cerró de nuevo los ojos y se aferró al vacío.

AL ACERCARSE EL VERANO y una vez que vio a Nieves casi recuperada, Lucía decidió, sin saber de dónde surgía la decisión, que sería bueno irse unos días a España. Tenía algo de dinero ahorrado, setenta y tres años encima y el deseo de volver a su tierra por la que sería, pensaba, su última vez.

Subió al avión con los recuerdos dispersos y los sentimientos enredados. Su nieta, la hija de Jimena, iba sentada junto a ella. Se acompañarían la una a la otra. Durante las once horas de vuelo sólo trató de hallar la serenidad para el reencuentro.

Desde la última vez que estuvo allí, habían muerto dos de sus cuñados y Manoli, su hermana mayor. Se daba cuenta de que en cada viaje, en cada regreso hallaba una pérdida. Al principio se le habían extraviado sus calles, sus sabores, el olor de la tierra que pisaba; más adelante, incluso sus sentires. Ahora, poco a poco, iban desapareciendo sus afectos. ¿Sería ella la próxima en desaparecer?

Al llegar la esperaban, como siempre, algunos de sus hermanos. Los notó ya mayores, casi como ella. El pelo blanco, las arrugas pronunciadas y en las manos los años deformados. Cada huella contando una historia, de algún modo similar y, al mismo tiempo tan distinta...

Los saludos. Besos de sal en las mejillas.

Después los pormenores. Les contó, desde el desconcierto, cómo Nieves intentaba salir de la oscuridad. Que casi se había muerto; que la salvó un bendito doctor que estaba ahí; que la habían tenido que operar de nuevo, pero que sólo con anestesia local; que ella no entendía mucho de esas cosas, pero el caso es que las gotas que le habían puesto para mantenerle dormido el ojo le arruinaron la córnea y se la habían dejado opaca, pues habían tardado demasiado en arreglarle lo que tenía roto, así que ahora también tenía ese problema encima y a ver si con el tiempo se le aclaraba un poco más la vista. En fin, que con esa mujer todo eran tragedias. Que no entendía cómo es que la pasaban tantas cosas; que tenía una suerte de perros y ella se ponía mala sólo de ver lo que le costaba ahora coser, que no sabía cómo se las apañaba y que, además, no tenía trazas de parar nunca. Que de haber sido diferente desde el principio, quizá su suerte hubiese sido también otra. Pero que ahora de nada valía ya lamentarse. Que las cosas habían sido así y no había modo de volver atrás.

OLÍA A VERANO. A caña de cerveza y bocadillos de calamar. El viento, estático. "¡Qué barbaridad! ¡Había olvidado el calor que hace aquí! En México esto no se siente ni de broma, vamos." Lucía se asoma por la ventana tratando de pillar al menos una brizna de aire. "¡Qué distinto es todo madre mía! No sé yo si algún día me hubiera acostumbrado a vivir aquí de nuevo." Piensa en voz alta, mientras contempla los bloques de edificios que la rodean. Aún así está contenta. Ha paseado con calma por las calles del barrio reviviendo viejas historias, tarareando canciones que creía ya no recordar.

♫*Pichi, es el chulo que castiga del Portillo a la Arganzuela y es que no hay una chicuela que no quiera ser amiga de un seguro servidor. Pichi...*♫

Son las fiestas de la Virgen de la Paloma y por Madrid entero se pasean los chulapos y chulapas bailando chotis y pasodobles. Procesión de claveles y mantones de Manila.

Se ha dado gusto andando de un sitio al otro y comiendo a su antojo: callos, boquerones en vinagre, leche frita. "Total, para lo que me ha de quedar..."

"Qué hay, bonita, ¿te gusta? A que sí, a que esto es muy chulo. ¿Te has acordado de algo? La última vez que vinisteis con tus padres aún erais muy pequeños, tú y tu hermano. ¿A que se la pasa una de miedo? Tanta comida, tanto jaleo. ¿Qué te han parecido los primos? ¿Te has acordado de ellos? ¿Verdad que son majísimos? Aunque, bueno, no hacéis más que entrar y salir de los sitios... ¡Qué movida ni qué movida! ¡dichosa movida! menudas juergas os montáis... ya veremos qué cuentas entrego yo a tus padres como sigáis con este ritmo... si aquí la gente, viejos y jóvenes, se la pasan de bar en bar... que si un tintorro, que si un chato, caña va y caña viene, desde luego que en México esto no lo tenéis; a mí me marcáis... allí la gente está menos en la calle, es más tranquilo todo... eso... será que ya voy siendo muy mayor y todo esto está muy bien, pero me parece que ya tengo ganas de marcharme a casa..."

Han estado con casi toda la familia: hermanos, sobrinos, primos, cuñados. Una familia que creció sin que ella se diera cuenta. Y con todos ha tenido algo que recordar. Hasta la visita que en algún momento hicieran a México dos de sus hermanos. Lo contentos que estuvieron de ver aquello tan distinto. "Anda, que no teníais miedo ni na cuando os subisteis a la trajinera aquella llena de flores... Y no sabíais ni por dónde empezar a comeros el elote" Se reía con ganas; "y de Acapulco, qué me decís, a que os ha gustado un montón, también. A ver cuándo puede ir alguno de los chicos para que conozcan también dónde hemos acabado." Una familia que, sin que logre verlo así, es como una herencia.

Después de un mes, llegan los adioses.

Largos. Definitivos.

Palabras que enmudecen.

"Mirad lo que os he traído. No es mucho, desde luego; ya me hubiese gustado más traer algún chorizo de Cantimpalo o algunos judiones de La Granja, que estaban la mar de buenos, pero no me he atrevido por miedo a que no me les dejasen pasar. Los perros esos de la aduana todo lo huelen. Tened. Aquí hay un poco de regaliz y un par de batas para andar por casa....Los tíos os han mandado unos caramelos para que se los deis a los chicos. Todos se han quedado con muchas ganas de veros... Me he ido con Soledad y Pepiño a dar una vuelta por los pueblos. No sabéis lo que es aquello; ¡qué tristeza, madre mía! Por allí ya no queda nadie... Cuatro viejos de los de antes; chimuelos, llenos de arrugas... hechos una desgracia. Los demás, o se han muerto o se han ido para Madrid o a dónde han podido, y la gente joven no quiere vivir allí... La mayoría de las casas están abandonadas; aún con los corrales al frente; medio caídas... en ruinas. Es una pena..."

Y Lucía contaba, y hablaba de una y otra cosa, y vuelta a contar. Las palabras se sucedían entre pausas y borbotones, como sabiendo que esa era parte de una historia a la que, quizá pronto, se le pondría fin, y sin darse cuenta que había crecido dentro, una lejanía sin remedio y que nada acerca, ni las cartas, ni la comida, ni los viajes. Nada de nada.

Los ojos de Nieves se habían ido despejando poco a poco. Las sombras por fin iban perdiendo su espesor, y con ello la calma se instalaba de nuevo en su mirada. Ahora tenía entre sus manos un traje de novia que terminar. Su sobrina, la hija de Jimena, se casaba, y era ella, sólo ella, quien haría ese vestido. Se levantaba temprano, despachaba a sus hijos a la escuela, se ponía a hacer la comida y, una vez listo todo, se sentaba con calma y la luz entera del día encima, frente a la ventana abierta de par en par, a continuar la costura. De vez en vez, levantaba la vista, enderezaba la espalda y descansaba las manos sobre el regazo. La satisfacción se le acomodaba en la piel; de entre sus labios se deslizaba la tonada de alguna canción. La tarde transcurría apacible y, mucho antes de que la penumbra se volviera oscuridad, ella abandonaba la labor.

Fue un vestido sencillo: pegado al cuerpo y volantes partiendo de un poco abajo de la cintura; sin cola y sin velo. La novia llevaría tan sólo unas pequeñas flores en el cabello. De ramo: dos rosas rojas. No habría ni lazo ni madrinas. Tampoco fueron muchos los invitados, únicamente la familia y los amigos más cercanos. A España se enviaron las invitaciones correspondientes, pero nadie pudo venir. Hubo brindis, alguno que otro paso doble, bocadillos, abrazos y mariachis al finalizar.

Ese día, durante la ceremonia, y después de mucho tiempo, Nieves olvidó formular la súplica que misa tras misa dirigía al cielo. Por unos instantes, su deseo de morir, antes que perder la vista, se diluyó en el aire junto con el humo del incienso.

"No lleves perlas, las perlas son lágrimas", sugirió Nieves días antes de la boda. "Bueno, tú sabrás" repitió más de una vez, frente a la insistencia. "Aunque yo no las llevé y mira... todo lo que he tenido que pasar... y lo que aún estará por venir", suspiró agorera. Lo dijo con la certeza de quién lleva dentro el grano de arena que la ostra, paciente, convierte en perla.

Y DE NUEVO FLUYE EL TIEMPO sin horas, como continuo derrame del universo. Y quizá te detienes por instantes, y entonces, el pasado, el presente y el futuro se vuelven sólo uno, y avanzas otra vez.

Y un DOMINGO SUCEDE a OTRO casi como calca de sí mismo.

Amanece. Lucía se pone en pie con lentitud. Ahora nota que sus movimientos son más lentos y quizá un poco torpes. Estira las sábanas, reacomoda la cobija y coloca la colcha sin mucho pensar. Movimientos de todos los días. Los nudos de las manos se niegan a cooperar. Reconoce en el cuerpo el cansancio acumulado del día anterior. Andar hasta casa de Nieves no es ya tarea fácil. Se mira en el espejo. Ve en él a la mujer mayor en que se ha convertido. De algún modo sigue siendo la misma: rotunda, fuerte y definitiva. Aunque ahora se advierte cubierta por una niebla. "Es la edad", piensa. Se escarmena un poco el pelo, pone un poco de Lavanda Añeja en el pañuelo que lleva en el bolsillo y baja a encontrarse con Jimena.

La comida está lista. Lucía ha girado las instrucciones para su elaboración y ahora se acerca a darle el toque final. Sólo basta que llegue el resto de la familia.

La paella y el vino sobre la mesa. Después, tarde de toros. "¡Uy, madre mía, que le coge!" "Pero mira que los toros son malos. Si parecen novillos" "Quién le habrá dicho a éste que viniera a México, si lo único que hace es el ridículo" "Para eso se hubiese quedado en casa..." "Mejor me pongo a escuchar un rato a la Durcal. Me parece a mí que va a estar en el programa que echan por la tarde todos los domingos. También saldrá el

Juan Gabriel ese". Más tarde, un café con leche bien caliente y algún trozo de pan duro para remojar. "No hay que tirar nada", decía, "¡Con el hambre que hemos pasado en la guerra! ¡Qué va uno a tirar!

Agua continua a través de la clepsidra.

"*A la rurrú niño, a la rurrú ya, duérmase mi niña...*" Tararea Lucía casi en un murmullo, mientras mece despacio el moisés donde duerme ahora su bisnieta. Susurra como si temiera que al subir la voz la imagen que tiene frente a ella pudiera desaparecer. "Quién me lo iba a decir a mí... sshh sshh sshh, que llegaría hasta acá, mmmm mmmm, mmm... que viviría tantos años para shshshsh y hacer esto... a la rorrorrorooo" Entre sus pensamientos se mezclan el asombro y la satisfacción.

Años que andan despacio y en silencio.

A la familia se suma un niño más, y ahora es en ellos, en los nietos de Jimena, en quienes se alberga la continuidad. Y de pronto surgen sin pensarlo chispas del pasado y deseos del porvenir.

Nieves está contenta. Las mañanas aparecen frente a sus ojos mostrando su claridad. Ella se levanta temprano, como todos los días desde que tiene memoria, prepara los desayunos para los tres hombres de su casa, también algún bocadillo de salami o chorizo para la hora de almorzar. Casi al mismo tiempo comienza la preparación de la comida. Siempre hace un poco de más. A Julián le encanta llegar con algún invitado pegado a las costillas, como si no supiera andar solo por la vida. Ahora uno, otro día otro. Otros, a más de dos. Ella, a veces, los mira desconfiada. ¿De dónde saldrán estos fulanos?, piensa, cuando le son desconocidos.

Más tarde se sienta tranquila en el cuarto de la costura. Marca con la tiza el patrón, redondea algún vestido. Ha ido reduciendo, a pesar suyo, la lista de sus clientas, a pesar de sentirse cuando está con ellas tan contenta como un cascabel, pero no puede atenderlas como quisiera. También a eso se ha acostumbrado, a dejar pasar las horas muertas.

Hoy es viernes. Día de visitar a su sobrina. Apura un poco a sus hijos a la hora de la comida. Su hermana y su madre no tardarán en pasar a recogerla. Le gusta ir allí, siente a esos niños como si fueran también sus nietos.

El pequeño ha estado enfermo. Duerme poco, come mal, le duele el oído o el estómago. "Hombre tenía que ser" sentencian. "No cabe duda de que son más delicados".

"El lunes hay que llevarlo a que le hagan unos análisis" escucha Lucía decir a Jimena. "Y qué pruebas son esas que le van a hacer. No le irán a picar.

¿O, sí?" "Pues no sé, mamá, las que mande el médico". "Pero si es un crío, pobrecillo, y ya sacándole sangre y todo". El niño se acerca a su abuela y, entre asustado y sorprendido, pregunta "Abuela, ¿y de qué sangre me van a sacar? ¿de la española o de la mexicana?" Ganas de reír y de llorar.

"Pero ¿qué decís? ¿Cómo que se ha ido? ¿Adónde? ¿Qué os ha dicho? ¿Cómo que os ha dejado solos? ¿Y qué obligación tienen las vecinas de encargarse de vosotros? Y ¿cuándo vuelve? ¿Cómo que no sabéis? Pero... ¿qué se ha llevado? ¿Qué papeles? ¡Uy, madre mía! Éste no vuelve. Si lo sabré yo."

Y así fue. Julián no volvió.

Una tarde, aprovechando que Nieves se había ido de viaje con su hermana y su cuñado, Julián cogió un par de mudas, su pasaporte, algunos papeles que consideró importantes y, tras decirles a sus hijos que si necesitaban algo se lo pidieran a las vecinas, se subió al coche y se marchó. Así, sin más, sin voces quebradas ni miradas húmedas. Como el que se va sin piedad.

"Pues por mí, que se vaya a la mierda ¡qué leches! Que se largue y no vuelva nunca más. Que se largue para siempre de una buena vez." Tronaban las voces dentro de esa casa. Tronaba y relámpagos de tormenta estremecían los cristales y las paredes. Nunca llovió. Era como si la ira lo hubiera colmado todo: las vasijas, las pestañas, los resquicios tras las puertas, la piel de debajo de las uñas, el polvo sobre las fotografías, las venas enrojecidas de los ojos. El nudo escarchado del alma endureció.

Después de unos días comenzó a escombrar. Cajón por cajón fue sacando las cosas que eran de Julián. La ropa la había dejado casi íntegra. También alguna loción sin abrir y otros objetos personales. "Ya habrá a quién dárselo", dijo, al mismo tiempo que las ponía en el saco con jareta que había hecho mientras pensaba en meterlo todo ahí de una buena vez. En esta ocasión sabía que él no podía haberse llevado ni el dinero que ella tenía ahorrado ni sus joyas, como aquella vez que le sustituyó los dólares por un montón de papeles para manos, de esos que se usaban en los baños de los cines. Ya se había ocupado de ponerlo fuera de su alcance. "Se ha ido casi con lo puesto", murmuró para sí, reconociendo por un instante que se llevó con él, hilvanado al saco, un trozo de su esperanza.

Una vez recogido y ordenado, trató de encontrar un espacio en el que cupieran los rencores, el dolor, los resentimientos y la mala estrella de su vida, no sin antes coserles una a una, con hilo doble y en mayúsculas, las letras del abandono. Se le acomodaron entre el pecho y la garganta. Hoy, cuando la noche calla, los recuerdos se agolpan y a la oscuridad se le suma más oscuridad, aún creo escuchar su voz de grito y sus silencios confundiéndose en la distancia.

¡Madre mía del amor hermoso! ¡Todavía lo que hay que ver! ¿Y ahora qué vendrá? Se repetía Lucía para sus adentros una y otra vez. Las palabras flotaban sin encontrar asidero y sus ojos de bruma miraban con dificultad a Nieves como queriendo adivinar lo que pasaba en su interior, como queriendo darle consuelo aún sin saber cómo. Pero lo roto, roto y sin arreglo está desde hace tiempo.

Para Nieves, lo primero fue ponerse a remendar, a parchar los agujeros que Julián había ido abriendo por ahí. Hubo que darse prisa. No había mañana ni tarde desde su partida, en la que no sonará el teléfono o apareciera en la puerta de esa casa algún amigo acreedor reclamando el pago de una deuda.

"Pero ¡qué es lo que ha hecho este hombre, por Dios!"... Y ahora ¿de qué manera me quito a estos fulanos de encima?... ¡pero si no sé nada! Ni lo que ha pedido ni para qué... Alguno de sus negocios fantásticos de esos. Si no tenía más que aire en la cabeza... aire y poca vergüenza... si lo sabré yo. ¿Adónde habrá ido a parar? ... el muy infeliz... y yo aquí, dale que dale a la aguja por el culo... ¡qué harta estoy, madre mía! Qué harta y qué cansada... si sólo falta que me mee un perro... ¡con esta mala fortuna que tengo!.. toda la suerte se la llevó mi hermana. A mí me han tocado migajas... Todavía habrá que ver si no me quitan la casa... Lo mato, vamos, donde quiera que esté lo mato... ¡Mira que irse así y dejar a los chicos solos!... como para ahorcarlo... Se largaría a España, como si lo viera... es capaz.... estará escondido debajo de las faldas de su madre. ¡Qué cuento les habrá contado!... Igual está en la selva aquella, bajo una enredadera... con alguna fulana... Qué cansancio Dios mío, qué cansancio... y qué agonía"

Detener los pensamientos.

Imposible.

Voz que cae en un pozo de sombra.

Después de darle varias vueltas al asunto, y frente a la insistencia de todos aquellos a los que Julián les pidió dinero, no quedó más que cambiar de nombre la cuenta del banco y embargar la casa para evitar que alguien pudiera intentar cobrarse con ella.

Así, el esposo de su sobrina fue quien reclamó los derechos sobre la propiedad, impidiendo con esto cualquier futura ejecución de pago a otros.

Nieves, entonces, se sintió segura y desposeída a la vez. Dentro de ella horadaba la tristeza. Y triste creía ver el cielo y las paredes y la mirada de su madre y de su hermana y la sonrisa de sus hijos y la tierra que pisaba. Porque, quizá, al fin y al cabo, las tristezas se asemejan todas entre sí. No sé.

Conforme las tormentas amainaron, las cosas, por sí solas, fueron encontrando de nuevo su sitio, pero desde luego no se acomodaron en el mismo lugar. Después de un vendaval o aún después de cualquier viento nada vuelve a ser igual. Y así, Nieves, un día, andando el tiempo, se dio cuenta, contemplando a la distancia este nuevo orden que, de algún modo, estaba más en paz; que la tensión y el temor con los que había vivido era como si hubieran desaparecido. Quizá se habían ido mientras limpiaba y cambiaba los muebles de posición; quizá fue que junto con el polvo desechado se salieron los rencores. No todos. Quizá las lágrimas no lloradas se esfumaron envueltas en las pompas del jabón y quizá las certezas ocupaban ahora el espacio de las dudas. El mundo está lleno de quizás. Lo que sí pudo ser es que al fin, una noche, no demasiado oscura, al extender el brazo buscando sin pensar un cuerpo a su lado, se topara de nuevo con el vacío y esta vez no la sacudiera la zozobra, sino que ahora le recorriera la piel una nueva sensación de libertad. El dolor dejó de atravesarle con insidia la mirada.

El cielo pasa de púrpura a rojizo.

Amanece.

Es ahora un atardecer cualquiera, en un pueblo como tantos.

Jimena y su marido han comprado una casa ahí, en ese pueblo no muy lejos de la ciudad para pasar los fines de semana. Julián hace cuatro años que se ha ido y nada se sabe de él. Los hijos de Nieves, universitarios ahora, extrañan, o no, al padre ausente. Guardan silencio y las palabras sepultadas se convierten en reto o rebeldía. Nieves trabaja como siempre para remendar lo roto, para parchar el hueco, pero sus ojos están cada día más débiles y a veces prefiere no mirar. Prefiere, desde el viernes muy temprano, empacar un par de mudas y marcharse con su hermana y su cuñado a ese lugar tan distinto a los que ella lleva en su memoria, pero que de algún modo la acercan al recuerdo.

Los sábados ahí huelen a campo, a hierba y a rocío. A Jimena y a Nieves les gusta salir a caminar. Se van desde la casa hasta la estación del tren que nunca pasa y que dejó como única huella de su existencia un andén viejo y unas vías que ahora llevan a ninguna parte. Como tantos otros caminos. Les gusta permanecer ahí con el tiempo detenido y emprender despacio el regreso. Los hijos y los nietos de Jimena las acompañan a veces. Les gusta ir y jugar a que les cuentan historias de terror. El sonido de las campanas recorre junto con ellas las calles y sus piedras; también el aroma del pan recién horneado y el piar enloquecido de los pájaros al anochecer. Después el silencio. El estruendo del silencio copando la noche. Lucía los espera con su vejez satisfecha y calma.

Muchos días más.

CORRIERON OTROS DOS años, o anduvieron con el paso armónico de cada quien. La figura de Julián se había ido difuminando en la memoria, sólo, de vez en vez, flotaba en el ambiente la duda o una suerte de adivinación: "¿dónde se habrá metido?", se preguntaban unos; "se habrá muerto", especulaban otros; "qué va a morirse, ni que morirse, estará por ahí el muy guarro, más fresco que una lechuga", aventuraba Lucía, con un dejo de rabia en la voz. Después daba un último trago al café con leche que tenía enfrente, recogía los trastes con sus manos ahora torpes y rugosas y se salía al patio a tomar un poco de sol.

Nieves, por su parte, continuaba con la rutina diaria y el girar de la canilla de la máquina de coser aún se acompasaba con su eterno tacatacatác, contenta, más tranquila, más en paz. El cuarto de la costura, apacible.

Y así pasaron las horas. Se terminó el otoño y se acercó el invierno. Los preparativos para la cena de navidad habían comenzado. El bacalao, los camarones, la sobreasada, el chorizo de Cantimpalo estaban ya comprados; los turrones, mazapanes y peladillas, también. Pero un par de días antes de la cena sonó temprano el teléfono en casa de Jimena. A partir de ese momento todo fue pasmo, dolor y confusión.

"Quemihermanasehapuestomala... quenosaben- quelehapasado", dijo Jimena mientras corría a coger su bolsa, las llaves del coche y le llamaba a su marido, todo al mismo tiempo y sin mirar apenas el miedo que ya asomaba en la cara de su madre. "Tú quédate aquí que ya te llamo en un rato", alcanzó Lucía a escuchar mientras se cerraba de golpe la puerta borrosa por culpa de la niebla húmeda de sus ojos.

Jimena no tardó ni diez minutos en llegar. El portón estaba abierto; subió las escaleras con el suspiro atrapado en la garganta. "Nieves, Nieves...qué pasa". Nieves yacía sobre la cama, inconsciente. Los ojos cerrados. Lívida. Los paramédicos lo intentaron todo y lograron nada. Pasaron unos cuantos minutos que nadie notó. Los ojos de Nieves permanecieron cerrados. Nunca más una sombra en su mirada. En esos cuantos segundos, Nieves murió.

"Partir/ En cuerpo y alma/ Partir.

Deshacerse de las miradas/ piedras opresoras/ que duermen en la garganta"...

Quizá sea que la vida se acaba así: un cuarto, una mañana, una lámpara; ni triste ni alegre, sólo así... un cuarto, los hijos ausentes y una mirada de soledad. Quizá sea que uno es el futuro que se anhela y otro el que se cumple. Lo sentido, lo visto, lo padecido y lo callado. Todo, de golpe, sin significación. En fin, lo cierto es que en ese instante y por mucho tiempo la muerte nos arrancó de tajo las palabras y nos quedamos desde entonces desmembrados.

Sola, sin más compañía que la señora que desde hacía años las ayudaba con la limpieza de la casa, Lucía no hacía más que esperar. Le golpeaban en las sienes, los oídos, las manos y los ojos las frases y la prisa de Jimena al salir, "sehapuestomala... se ha puesto mala... malaaa". "¿Pero qué le habrá pasado ahora? ¡Con lo bien que se la veía, madre mía! ¿Y por qué no llamarán? Nada bueno, eso seguro". Lucía levantaba la vista y recorría con la mirada de cristal las paredes, tratando de encontrar un sitio en dónde, de dónde poder colgar la esperanza.

Mientras, en casa de Nieves se tomaban las decisiones, se hacían llamadas; se arreglaron papeles; escurrían palabras rotas; se pedían favores y dispensas y se persiguieron lágrimas abandonadas. Como en un acuerdo tácito, y sin mucha discusión, se pensó que lo mejor era no decirle, así, de golpe, a Lucía la verdad de lo que había pasado. No en ese momento. Alguien la llamó sólo para contarle que se iban al sanatorio, que

Nieves estaba mal y que no sabían qué era lo que podría pasar. Y la noche sucedió al día y a esa noche, un día más, casi sin que nadie lo notara, o será que ese día se volvió todo noche, y la noche se sucedió a sí misma.

Así, con la oscuridad instalada, llegaron desde el velatorio Jimena, su marido y su hija a la casa. Lucía, sentada en la esquina del sofá, con los codos sobre las rodillas y las manos inquietas sobre la cara, al oírlos llegar apenas levanto la mirada.

—Madre, se murió tu hija.

Hay golpes en la vida, tan fuertes... ¡Yo no sé!/ Golpes como del odio de Dios: como si ante ellos/ la resaca de todo lo sufrido/ se empozara en el alma... Yo no sé

—Ya se ha muerto

Tal vez esta noche no es noche,/ debe ser un sol horrendo, o / lo otro, o cualquier cosa./ ¡Qué sé yo!/ Faltan palabras,/ falta candor,/ falta poesía/ cuando la sangre llora y llora

La muerte como certidumbre que azota.

Para cuando Lucía recompuso el aliento, ya se habían agotado las preguntas y quedado en el aire las respuestas. Con el desconcierto y la desolación sobre la espalda se quitó la bata de andar por casa, se puso la última falda que Nieves le había cosido, se reacomodó la blusa, tomó la chaqueta, del afuera y el adentro respiró la extrañeza, se tomó del brazo de Jimena y se fue a escuchar, por Nieves y quizá por ella, la última misa que escucharía en su vida, mientras depositaban en un nicho las cenizas de su hija.

No hubo palabras de adiós, sólo una ausencia colmándolo todo. No estábamos listos para despedidas. Llevábamos el sobrecogimiento clavado en los ojos, en ese punto en el que se entretejen el alma y el cuerpo. Volvimos a casa con la mirada vuelta abismo y tratando, cada quién a su modo, de cavar el hueco donde acoger el sufrimiento. Monólogo de sombras.

Conforme los días avanzaron, la falta de Nieves nos obligó al movimiento. Había que remediar lo inmediato. Surgieron las dudas: "qué va a pasar con los chicos... cómo os vais a apañar sin vuestra madre... y si vuelve su padre y quiere quedárselo todo, el muy desdichado... hija, vosotros veréis por ellos, ¿verdad?... no los vais a dejar solos... ¿ya habéis avisado a España? Y ¿qué os han dicho?... Pues ¡claro! Cómo se habrían de poner si no... si se ha criado con ellos como una hermana... con la ilusión que tenía ella de ir por allí este verano... quién lo iba a decir, madre mía, quién...

Y la ropa que tenía ya hecha,... y las telas ¿las habéis devuelto?.. ¿se habrá enterado Julián?...

Y dale que dale con las preguntas, y la mente girando sobre la misma tristeza, y duro y dale y dale y duro. Así, hasta que el tiempo se encarga de ir suavizando la dureza.

Sí, QUIZÁ FUE EL PASAR de las horas arrastrando sus minutos lo que parecía diluir un poco, tan sólo un poco, la negrura del dolor, o tal vez la seguridad de que de nada sirve detenerse en el pesar por mucho tiempo. Pero también es cierto, que de pronto esas mismas horas, arrastrando sus minutos y estos arrastrando sus segundos, parecían agolparse y quedarse suspendidos, todos juntos, como asomándose a un abismo y dispuestos, juntos todos, a caer. Y el mundo entonces se vuelve una apariencia. Y parece que mejoras, que te resignas, y por instantes parece que no ha pasado nada, hasta que en alguno de esos minutos, uno también se detiene y reconoce que junto con la muerte de Nieves, también se murió una parte de ti. Y tal vez fue por eso, u otra cosa, como el sentir de pronto en el cuerpo el peso entero de sus 86 años, o que la ausencia sin esperanza de su hija había socavado su fuerza y su determinación, o quizá porque las cosas suceden así, sin razón, que Lucía se detuvo tan sólo seis meses después.

Y así, también una mañana, Jimena llamó a su hija

con una angustia distinta: "Hija, me voy al sanatorio con tu abuela, ya he llamado una ambulancia, no me responde, no habla nada, apenas y se mueve, seguro le ha dado algo, nos vemos allá".

Y desde ese día Lucía se volvió silencio. Detuvo su marcha. Se volvió inmovilidad.

"Le ha dado un derrame cerebral", dijo el médico. "Se le derramaron las tristezas", pensamos otros.

Y Lucía sin palabras nos miraba y nosotros la mirábamos, y ella de vuelta a mirar; atrapada en un cuerpo viejo y desorientado, y nosotros con el rostro seco, empeñados en traer encima un viento que soplaba en cuanto intuía algo de humedad y lejos, muy lejos de nuestra recuperación.

Y Lucía, ahora silencio, inmovilidad y mirada, se dio cuenta de que el viento era inútil, de que al poner nuestros ojos en ella, nos habíamos vuelto lágrima.

Y anduvieron los meses, no muchos en realidad, tratando las cosas de hallar un nuevo acomodo; pero cada vez resultaba más difícil pues había demasiados huecos que llenar.

En la casa de Nieves un sinfín de objetos perdieron su sentido, lo que los orilló a la desaparición. No más tizas ni dedales; ni patrones, ni agujas, ni cintas de medir; el silencio suplantando el siseo de la máquina de coser. Dos habitaciones sobrecogidas por el vacío. En la tercera, los hijos de Nieves "se las apañaban como podían", como hubiera dicho Lucía si no se le hubiesen extraviado las palabras. Lo cierto es que ya no eran unos niños. Eran tan sólo dos jóvenes a los que la vida, de pronto, los arrojó a la orfandad y los llenó de ausencia, de ese espacio absoluto e inasible. Y sin embargo, es hacia lo inasible hacia donde solemos tender la mano.

En casa de Jimena los hábitos del día a día estaban trastocados. Lucía, se veía ahora obligada a depender de los otros en su totalidad: la alimentaban con purés, la bañaban sentada en una silla, le ponían y le quitaban un pañal; la sacaban a tomar el sol del medio día, la dejaban tranquila en un sillón a media tarde. Después la oscuridad. La noche. Un día más. Seres ajenos comenzaron un peregrinar: la mujer de la terapia, cuidadoras, las vecinas solícitas, las que no. Un ir y venir de gente que, con seguridad, tan sólo aumentaban su confusión. En sus ojos secos, extrañeza y pasmo, y en el fondo de ellos, el dolor. A ratos, cuando tenía un día bueno, intentaba articular palabras, quizá creyendo que las decía y que nosotros, necios y torpes, no las lográbamos entender, a pesar de los esfuerzos por darle sentido a aquellos sonidos guturales que le brotaban desde dentro. Desesperada, bajaba los párpados y se volvía hacia sí. Acaso entonces pensara en la muerte, en ese misterio del que poco entendía y tantas preguntas sin respuestas le causaba: "...y cómo sería eso de estar muerto... y el cielo... quién sabe si existiría aquello... porque desde luego a mí, Dios ya me lo tiene todo perdonado... con lo que he tenido que pasar..." O tal vez tan sólo se dejara sobrecoger por la eternidad del tiempo, sin recordar su principio, sin reconocer su final. ¿Cómo y cuándo empiezan las despedidas? ¿En qué momento el corazón empieza a decir adiós? ¿Cuándo y cómo es que la muerte se vuelve tan definitiva?

... O quizá nada.

AHORA PARECIERA QUE los días se escurrieran. Se escurrían y se condensaban de manera simultánea, repetidos unos tras otros, pero agolpados minuto a minuto sobre el cuerpo de Lucía. Una Lucía cada vez más lejana, más ausente, más quebrantada; como si la tarde cercana al anochecer se hubiera ya instalado en ella.

Los demás, los que permanecíamos cerca, sólo intentábamos doblegar la pena, rodeados por el temor de toparnos con ese instante que te enfrenta a la fragilidad de la vida y lo rompe todo. Habíamos perdido su voz, su andar, su manera de decir y llevábamos encima la certeza de que pronto la perderíamos completa.

Vals triste para piano.

El ocaso.

Entonces, de nuevo en una mañana cualquiera, tan parecida a las anteriores, casi un año después del primer derrame, a Lucía le sobrevino un nuevo infarto cerebral. De nuevo el sobresalto, la ambulancia, de nuevo los doctores, el hospital.

Las horas pasan. Siempre pasan aunque parezcan detenidas. Lucía yace tranquila, sin preocupaciones. Un cuerpo que respira desacompasado, una mente que ya no está.

DICEN, y con este dicen sin un claro sujeto comienza la imprecisión, que cuando a la muerte la sentimos tan próxima, tan cerca, se deslizan frente a nosotros los sucesos de nuestra vida. Quizá entonces, Lucía, lejana, sumida en el letargo y el silencio, mirara ahora, sin agobio, la figura de su marido cazando al vuelo, con un tirachinas cualquiera, los pájaros que como único alimento tendrían durante días para comer, mientras ella corría con Jimena en brazos al refugio antiaéreo; y, de manera simultánea, se le cruzaran las muchas manos, casi desconocidas, que se tendieron para sostenerla, para ayudarla a seguir adelante en aquél país en un comienzo tan extraño, que los acogió y en el que eligió vivir el resto de sus días. Tal vez advierta entre sus dedos, ahora sarmentosos, los racimos de uvas que tantas veces desgranó y se mezclaran entre ellos los aromas de su tierra y sus guisos, y creyó ahí mismo percibir el llanto y la tos convulsa de una niña que otrora permaneciera en la distancia y en la que pensó todos los días. Su ausencia. Acaso llegaran a su recuerdo un tren, cientos de ojos, de brazos, de rostros diciendo adiós; tantas y tantas despedidas; y una madre que añora y suelta, y otra que sujeta con firmeza; unas vías que corren paralelas hasta perderse en un horizonte que se confunde con el mar. Por ventura percibiera aquellas aguas y su continuo movimiento, un sol, el canto de las sirenas. Quizás se dejó arrullar por su murmullo y entre la brisa, una voz, como un soplo de viento que susurró cerca de su oído: "Lucía, descansa, estaremos bien... todo está en calma... tú también estarás bien... puedes marcharte..." Y Lucía, convirtiéndose en suspiro, sin abrir los ojos, se marchó. Quizá ocurrió de esa manera, o de cualquier otra. Quizá tan sólo un cuerpo cansado, agotado por la vida; un corazón que se detiene ya rendido y que deja de latir. No lo sé.

EL FUNERAL DE LUCÍA no fue muy distinto al de Nieves: el mismo velatorio, los mismos rostros y su consternación, las emociones tratando de encontrar un acomodo; una misa para aquellos que aún creían y, al final, en un nicho las cenizas. Tampoco hubo palabras de despedida. Imagino que cada uno dijo adiós en silencio y al ritmo de su propio desaliento, poco a poco y, tal vez, sin darse cuenta. Así que con el pasar de los días fuimos encontrando que el dolor se había albergado de manera diferente y de que provenía de otro lugar. Un dolor menos perplejo, como más asimilado al cuerpo; profundo, extenso, pero calmo. Sin confrontación.

En España, los hermanos de Lucía que aún vivían, sentirían su muerte de manera distinta. Con la pena de saberla siempre ausente, pero con el dolor atenuado que da la lejanía.

Jimena, por su lado, echaba de menos a su madre. En ocasiones se levantaba aún con la idea de ir a buscarla a su cuarto. Extrañaba su presencia y hasta su silencio, pero estaba tranquila. Dentro de ella cabía la certeza de que Lucía había envejecido serena y bien. Y hay certezas que permiten vivir en paz.

Y pasó el tiempo, como el aire, como la mayoría de las veces pasa, sin darte cuenta.

Y pasó que cada quien extrañó a Lucía y a Nieves desde su propia soledad y su tristeza.

Y todo mengua

Y pasa también que la vida se decanta por la vida, y se reconstruye, y se regenera.

Y así, al cabo de unos años, los hijos de Nieves formaron su propia familia. Y tuvieron hijos a los que les contarán cosas de su abuela, de cómo sus manos largas y blancas, puntada a puntada, hilvanaron y cosieron su futuro; de cómo había heredado de su madre, sin saber cómo, el sazón y el gusto por meterse en la cocina apenas comenzaba el amanecer; podrán contarles cómo llegó a esta tierra a regañadientes y de que, con el tiempo, ya no quiso marcharse.

Y, tal vez, rememorarán su propia historia y considerarán incluir en ella o no, al padre ausente que un día se fue sin decir nada, para después, casi quince años más tarde volver con el pelo blanco y sus fantasías increíbles e inmiscuirse como el humo y pretender, tan sólo pretender, convertirse en el abuelo que como padre no supo ser. Tal vez. Y ellos, con seguridad, le abrirán una puerta más amable en su recuerdo. Tal vez.

Jimena, mientras tanto, al lado de su esposo, de sus hijos y sus nietos, encanecerá, los verá crecer a todos y recreará su propia historia y la de su madre y su hermana, siempre echándolas de menos. Pensará y volverá, de vez en cuando, a esa España en la que no le tocó vivir y, a la que, sin embargo, de algún modo, pertenece y en la cual tiene una familia más extensa, pero más lejana y distinta, de la que tiene en este país en el que vive desde niña. Y habrá momentos en que quizá, cuando la nostalgia la trastoque, mire, a veces a lo lejos, a dos mujeres ya mayores caminando la una junto a la otra y añorando diga: "mira, ahí van Nieves y Jimena... Así lo imaginaba yo... No tuve a mi hermana cuando pequeña y ahora... en fin, así es la vida; nunca como la imaginamos..."

Entonces, IRÁN PASANDO LOS AÑOS y un día como cualquiera, quizá la nieta de Lucía, mientras sostiene un libro entre sus manos lea: "somos nuestra memoria, somos ese quimérico museo de formas inconstantes, ese montón de espejos rotos". Y suceda que otro día se despierte y frente a ese espejo vea una imagen reflejada, una imagen que le recuerda a otra imagen y, más allá, otra imagen más. Unas manos que se repiten, los mismos gestos copiándose a sí mismos; el mismo andar; los mismos pasos pero en un sendero distinto.

Instantes dentro de un instante

Y se da cuenta, entonces, que ha pasado el tiempo. Un tiempo que no entiende, por impredecible. A veces laxo y eterno, otras efímero como ese mismo instante. Un tiempo en el que se envejece y contiene una y otra y otra historia. Lo que somos. Huellas, marcas, cicatrices. En unos más claras, en otros más profundas. Retazos, virutas, briznas de recuerdos; voces, ausencias y melancolías heredadas. Memorias, recuerdos que se eligen o se olvidan, que se vuelven polvo, que algún día se convertirán en nada. Historias que comienzan y terminan en un punto, porque el que se va, siempre, "se lleva su memoria, su forma de ser río, de ser aire, de ser adiós y nunca".

FIN

nota del autor

Entre estas páginas se cuelan voces del hombre común y del poeta. Todas ellas acudiendo a la conformación de una historia. Una historia real y, al mismo tiempo, repleta de ficción. Agradezco a todos aquellos, que, sin orden preciso, con sus palabras alimentaron la imaginación de quien la escribe. Así, Pedro Garfias, León Felipe y Fernando Pessoa, con cualquiera de sus heterónimos, se escuchan cercanos a César Vallejo, Séneca, Rosario Castellanos, Jorge Luis Borges y Alejandra Pizarnik. Y agradezco también a todos aquellos que con su empeño me impulsaron a escribir este relato. Permitiéndome ver, entonces, que en la vida, en esta vida de todos los días, a pesar de las penas, o quizá por ellas, existen, también, la poesía y la belleza.

CPSIA information can be obtained
at www.ICGtesting.com
Printed in the USA
LVOW11s0035300118
564540LV00001B/231/P